梁文蔷 著

長相思

梁实秋与程季淑

商务印书馆
The Commercial Press

2013年·北京

■一九一九年十六岁的梁实秋

梁实秋与父亲梁咸熙合影

■ 一九二二年梁实秋摄于赴美留学前

一九二六年四月,梁实秋摄于哥伦比亚大学。梁亲笔注:圆形物乃日规也。

■ 少年程季淑

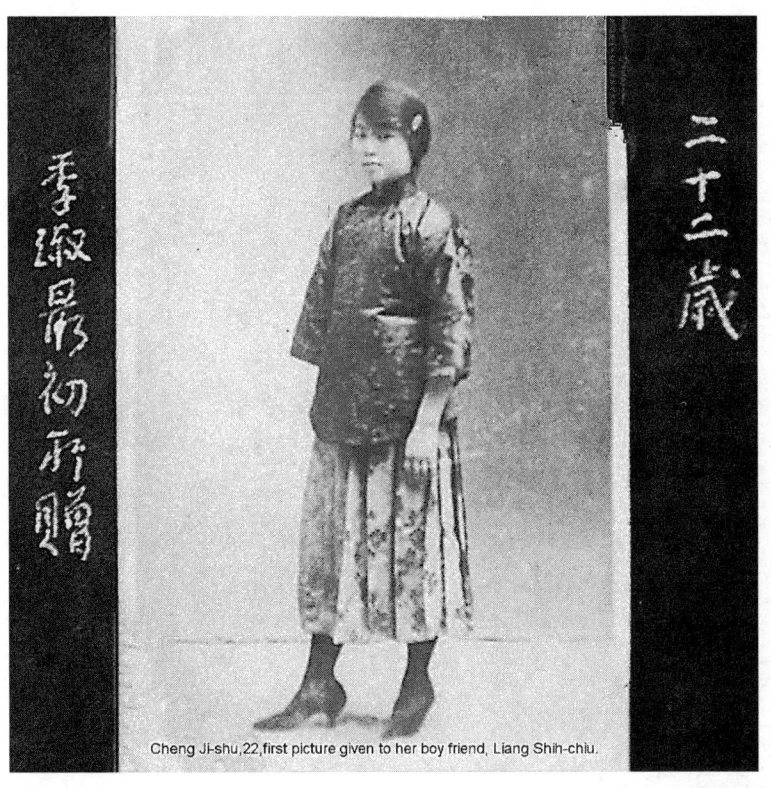

■ 程季淑（二十二岁）赠梁实秋的第一张照片

 一九二四年程季淑二十三岁

 程季淑摄于一九二五年

程季淑刺绣《平湖秋月》图,一九二三年送梁实秋出国所赠

■ 一九二六年摄于北平容丰照相馆，此为梁实秋与程季淑婚前唯一合影

一九二七年二月,梁实秋、程季淑在北平欧美同学会结婚照

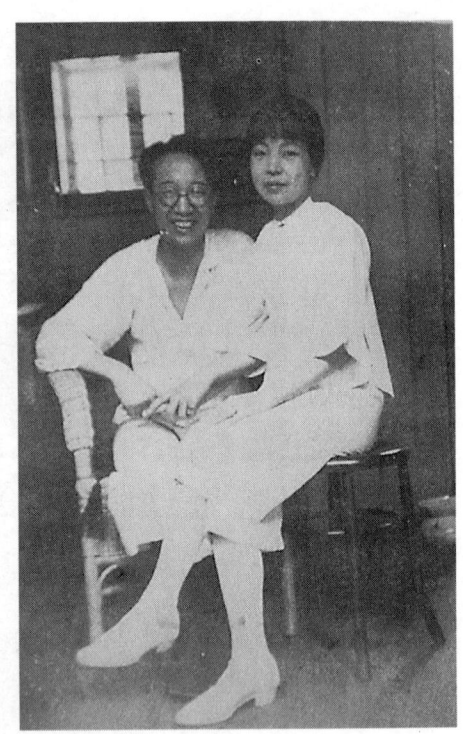

■ 一九二七年夏，梁实秋、程季淑与长女文茜在上海爱文义路众福里

■ 一九二七年夏，梁实秋、程季淑在上海爱文义路众福里

中年时期的梁实秋与程季淑

■ 程季淑与梁实秋摄于台北云和街寓所

■ 一九七〇年梁实秋与程季淑合影（正值程七十寿辰，两人结婚四十三年）

程季淑与长女文茜、幼女文蔷在青岛鱼山路七号

程季淑与三个子女在北平(约为一九三六年)

■ 梁家三手足一九三六年合影

■ 梁家三手足一九八一年合影

梁家三手足二〇〇六年合影

■ 一九六八年十月十九日，梁实秋、程季淑与幼女文蔷、女婿邱士耀及孙邱君达、邱君迈合影

■ 一九八二年，梁实秋与阔别三十三年的长女梁文茜摄于西雅图公园

■ 一九八○年，梁实秋与阔别三十一年的儿子梁文骐在香港见面，摄于海滨公园路上

■ 一九八二年，梁实秋与幼女梁文蔷摄于西雅图华盛顿大学

■ 梁实秋、程季淑一九七〇年在美国补度蜜月,摄于快速照相亭

一九七四年梁实秋摄于槐园

梁实秋于一九七四年所书（程季淑于是年春去世）

梁实秋悼亡妻所书苏东坡词

苏东坡三十岁时，丧妻王氏卒，后再娶十岁时等见亡妻，感慨万千，赋江城子一阕，词曰：

十年生死两茫茫，不思量，自难忘。千里孤坟，无处话凄凉。纵使相逢应不识，尘满面，鬓如霜。

夜来幽梦忽还乡，小轩窗，正梳妆。相顾无言惟有泪千行。料得年年肠断处，明月夜，短松冈。

右词真情流露，写得太好。独语了读读不已。东坡逝世将近九百年，读起来犹有余感！

目录

永生难忘的记忆

承诺-003

生离-006

死别-012

我的妈妈程季淑-017

亲情-023

我的家教-028

爸爸和信-037

爸爸的打字机-041

谈《雅舍谈吃》-045

听故事-051

德惠街一号-055

牙的困扰-061

手表的故事-067

爸爸和猫-070

《群芳小记》注-076

爸爸的性格-082

探父琐记-085

老与死-090

悼亡-097

第四十号信-110

寄槐园-113

腊八-117

爸爸妈妈安息吧！-121

祭双亲-129

台湾之旅-134

生活杂记

打袼褙 –143

抚婴有术 –144

雅号 –144

婚礼 –145

婚前赠言 –145

错中错 –146

乡愁 –146

储蓄与"小资产阶级" –147

服装 –148

"劳改" –148

三十八年莎氏缘 –149

草木皆兵 –151

岁月无情 –152

清心寡欲 –152

一切尽在不言中 –153

毛笔字 –153

祖父生平 –154

妈妈的心声 –154

牙签的闹剧 –155

夏娃与撒旦 –155

佛的启示 –156

理性的消极 –156

割胆前后 –157

补品之患 –158

"后"患无穷 –158

念旧 –160

天伦之乐 –160

虚惊一场 –161

疾世 –161

秀才人情 –162

"去莘"莎氏 –163

"妇女问题" –163

别字小姐 –164

主仆之间 –165

无门可入 –165

磕头 –166

养花乐 –167

妈妈的晚景 –167

"凄凉今日只身归"-169

台湾之行-169

营养餐-170

告别-171

孤单,孤单-172

悲秋-173

心如槁木-174

《英国文学史》的孕育与诞生-174

莎氏"误人"-175

老境-176

一枚青枣无限愁-177

自嘲-179

每周一信-179

Old Bill-180

银货两讫-181

矛盾-181

幽默-182

兼职-182

勤-183

牢骚-183

筝声剑影-183

红围巾-184

"豫则立"-185

国语中心-186

穷-186

鹰派-187

四宜轩-188

投稿-188

惜才-189

三怕-189

遗言-190

幌子-190

上税-191

搬家-191

出无车-192

人伦-193

婚姻观-193

祖孙书信-194

梁实秋家书摘录

附录

（之一）怀念先父梁实秋　　梁文茜–211

（之二）父亲的命案　　梁文骐–216

（之三）上坟　　梁文蔷–224

（之四）梁实秋先生年表–226

后记　　梁文蔷

永生难忘的记忆

承诺

一九八二年夏，爸爸最后一次到西雅图来。一天，我和爸爸单独在我的长子君达房中谈天。君达已不住家中，他房中一切均属虚设。这间房离厨房最远，所以最安静，是个谈话的好地方。我记得爸爸坐在书桌前的椅子上，我斜倚在床头，夕阳自白纱窗帘中照进来，屋里充满了和谐，但也有一分凄凉。我那时正忙于写博士论文，已至最后阶段。文稿经再三修改，使我十分烦躁。

"唉！我发誓，我写完这篇论文，一辈子不再写文章了！"我说。

"不行！你至少还得再写一篇。"

我略吃惊地看着爸爸，用眼睛问他为什么。爸爸没看我。他的眼神凝视在很远的一个焦点上。

"……而且题目已经给你出好了。"他平铺直叙地说。

"什么题目？"我期待着。

"梁实秋。"爸爸转脸向我，慢慢地说出了这三个字。

我猛然吃了一惊，立刻移开了我的目光。我的情感和思想如脱缰之马，在几分之一秒内，我意识到了我的使命，和爸爸对我的最后期待。我努力睁大眼睛，使泪水不要流出来，但是我已在抽搭了。在以后的十几分钟内，我被伤感所笼罩。我无法抑制地痛哭，代替了我的回答。我哭了好久，爸爸和我一起哭，谁也没再说一个字。在这么凄苦的情况下，我对爸爸做了这个无言的承诺。

在随后的几年中，我们都没再提这回事了。但爸爸在一九八六年二月二十二日给我的信中突然重提此事。"……我期望你在我故后写《回忆录》，巨细靡遗，要亲切真实。你这样做，会减少你以后对我的哀思。你母逝后，我痛不欲生，急写《槐园梦忆》，顿觉稍减心中痛苦。我写得尚欠细腻耳。……"

爸爸对我之爱护、体贴、了解，处处为我着想的那种无限的慈爱，不是我这支笔所能写得出的。我虽年逾知命，我在爸爸心目中还是那个爱哭的小妹。他知道我在他故后会有多么的哀痛，而这是无可避免终会发生的事。

我们两人心照不宣，静静地等待着这可怕的一天的到来。爸爸用他自己所能想得出的最好的方法使我能缩短痛苦。他以他自己失去妈妈时的经验和减轻悲伤的方法教我也去实行。他想我一定也会得到同样的精神上的解脱。但是他错了。现在的我和在西雅图失去妈妈时的爸爸是两个不同处境的人，爸爸那时是退休教授，住在异国女儿女婿家中，与老伴相依为命，骤然失去依靠，每天二十四小时，全部沉湎于回忆中，没有现在，没有将来。没有人能代替妈妈的位子，使他能暂时忘却悲哀。在妈妈去世后的那半年里，每一分一秒都是对他灵魂上的无情鞭策。他写、写、写。他唯一能发泄情感的方法就是写。写作是他与世界沟通的唯一渠道。在《槐园梦忆》完稿时，他已精疲力竭，似乎感到他已为妈妈立了碑了。

而我呢，尚在壮年，工作压力大，责任重，与世界正在增强联

一九八二年梁实秋与幼女梁文蔷摄于西雅图华盛顿大学

系。我的心神很容易被工作占据，可以说忙得无时流泪。现在要我用几个月的时间提笔写我那一去不回、宠爱我一生的爸爸，无疑是最艰苦的情感上的煎熬。但是我知道这是我必须要做的事，我的无言的承诺必须在最短期内付诸实现，我的心才能平安。尽管爸爸永远不会知道了。所以与其说这是对爸爸的承诺，不如说，这是我对自己的承诺。无论如何，承诺就是承诺，不管多艰苦，以眼泪当墨水我也要完成它。

十四年前妈妈大去之后，我在悼念之余，也有许多思维，想借笔墨公诸于世。尤其在读《槐园梦忆》之后，引起我的许多感触。如今爸爸遗体虽安葬于"北海"，其魂魄却已长眠于"槐园"。我拟写一系列的散文描绘我的双亲程季淑和梁实秋以及他们对我的影响。文中引用的资料和表达的情感都是赤裸真实的。这一点是我可以做到的。

生离

与心爱的人别离是最最令人悲伤的事，尤其是不知何年何月再能重逢，甚至不知生离是否就是死别。

我和妈妈爸爸一生聚时少，离时多。每次不管是阔别暂别，被迫的，还是计划中的，在离别前夕及在视野中失去他们的那一刹那，都是苦涩的，甚至是剧痛的。爸爸在《送行》一文中说："离别的那一刹那像是开刀……最好避免。"但是人生如是，聚散无常。有生离之悲，始有重聚之欢。人的情感如坐上儿童乐园的滑车，忽上忽下，往往不由自主。也许在别离的苦涩中更能体验真情。我只能作如是想。

我第一次体验与爸妈离别的剧痛是在我十二岁时。我们住在四川北碚雅舍。我和姐哥三人都考进了南开中学。在秋天开学时，爸爸借得汽车一辆，停在半山腰的公路上。我们把行李都装了进去，眼看就到了话别的时刻。我那时多么希望能再拖延片刻，我不敢抬头看妈爸，也不敢说话，因为一张嘴就会哭出来。这一去就是半年，

一九二七年，梁实秋、程季淑与长女文茜在上海爱文义路众福里

去的地方是完全陌生的，以后就全靠通信维持联系，电话在那穷乡僻壤的后方是不存在的。我想妈爸一定也舍不得离开我们，他们的眼睛是不是也湿润了，我不知道。汽车开动时，我脸转向山下的梯田，连再见都没说一声。汽车走远了，我回头，看妈爸的身影消失在一阵浓浓的黄色尘埃中。到了沙坪坝南开中学，住进宿舍。周末同学多半欢天喜地地回家去了，我班上只有我和另外一个同学留守空空的宿舍。那份凄凉对一个十二岁小女孩来说真是无法承当。每天走过传达室看信是一天生活的高潮。大概就在那时吧，我种下了爱给妈爸写信的种子。以后，离开他们到美国上学定居的三十年中，我一直保持至少每周一信的记录。

今生与妈妈别离得最惨也最戏剧化的一次，莫过于一九四八年年底平津的一别。当时形势不稳，爸爸带领我与哥哥二人先自平赴津，争取时间，抢购船票，搭船赴穗。妈妈留在北平料理三姑之房产，拟次日去津与我们会合同行。不料当晚铁路中断，我们父子三人进退维谷。妈妈急电，嘱应立刻南下，不要迟疑，只需将属于妈妈的箱子留存天津。我没有机会与妈话别，颓然倒在床上嚎啕大哭。我记得爸爸也慌了手脚，暴躁如雷。第二日，我们三人上了湖北轮，开始了十六日的漂泊。

妈妈未能同行是为了给三姑卖房。房客刁难，妈妈心地善良，谈吐温和，岂是那无赖房客的对手。最后逼得妈妈拿出了撒手锏，妈妈说："一个人做事要凭良心，我们两人谁若是黑了良心——你听，外面大炮在轰呢！——谁就不得好死！"这一着棋可高了，立刻发生了效果。那厮忙道："唉！您这是做什么？有话好说，别赌咒啊！"不久，手续顺利完成。

妈妈笃信佛，遇到重大难题，喜求神问卜。签言并不全信，所言合意则信之，否则弃之。关于我们应否离平南下，妈妈也去求了一签。记得是七言绝句一首，末句是"遇见方儿便成行"，当时莫名其妙。事后牵强附会，引为趣谈。缘由爸爸在天津码头奔走购买船票，售票处声明票已售罄，事实上票自后门黑市卖出。爸爸正徘徊街头，不知所措，身后突有人叫道："梁教授，我是您的学生。您要船票吗？我有办法。"那时爸爸只得信任他，把一生仅有的一点积蓄全部交给了这位不认识的学生，连收据都没有，答应第二天把票送来。第二天果然送来了。这学生的名字叫××方。

湖北轮抵港后，我们三人转赴广州。得知妈妈已自北平城内东长安街乘专机起飞抵沪，不禁雀跃。不日，妈妈搭船赴穗，一家人又得团聚。后迁台定居,妈妈每逢寻物不得,必叹谓在天津箱子中,日久,我们竟以此为谑。

与妈爸分别使我悲喜交加的一次是一九五八年三月十六日我离台赴美上学。主动阔别妈爸这是第一次。我那时已二十六岁。心里明白这一走大概永远不会回家和妈爸同住了。我记得临走前妈妈一直兴致勃勃地为我准备行囊、赶做新装,如同嫁女儿一般。启程日,有许多朋友送行,很热闹,没时间哭。但我上飞机就哭个没完了。妈爸回到那空空的家也不是滋味。爸爸在我走后给我的第一封信中说:"……预料最近的将来家里不至于寂寞,因为走了一个女儿,来了好多儿女,都说是要为老太太解闷。"我衷心感激那些朋友们。但是朋友能为妈妈做的到底有限,妈妈对我的思念与日俱增,在给我的信中有这样两段:

"……我现在坐在你的转椅上写信。我不愿意,因为我还愿意坐在我原有地方,把中间门关上,我就觉得你是上班去了,一会儿就回来。现在你爸把我书桌搬过来坐在你房中,时刻觉得是间空房子,太不舒服。……妈字,一九五八,三月三十一日。""……你走了两个半月,好像两年。许久许久没见到你了。今夜梦到你回来了。我像老鸟哺雏似的喂了你一块糖。醒来原是一梦。……妈。一九五八年,六月二日。"

我长久离家使妈妈情绪抑郁,无法排遣。空巢并发症使原本不甚硬朗的身子更加多病。我为此心理负担很大,妈妈一生是为了爸爸和我们三个孩子活着的。在她晚年最需要我时,我却离她扬长而去,每周一信和偶然的包裹怎能替代晨昏在侧?妈妈为了奉养外婆,在抗战时忍耐了与爸爸分离六年之苦。我为妈妈做了什么,安慰她空虚的心灵?"子曰:父母在,不远游,游必有方。"我倒是有方,只不过比无方略胜一筹罢了。

一九六七年，经我怂恿，我的先生邱士燿接受亚洲协会之聘，返台任经合会顾问。行前数月即与妈爸在信中一来一往的商议这件大事。据爸爸在来信中报告："妈妈现在忙着给你们做准备，像是预备嫁妆似的，连扫帚畚箕卫生纸都不能遗漏。……我们这次团聚是一大喜事。……余心滋乐。"妈妈也喜不自禁地写道："……真是幸运得很，我每想到我六十六岁不易过去，不能见到你们了，不料你们有机会来台服务，真是天大的喜事。……"妈妈因健康一直很坏，对自己寿命没有信心，竟会相信"六十六，不死掉块肉"的说法。我们的返台使妈妈非常忙碌和兴奋。多年后，我问妈妈她一生中哪一年最快乐。她答："你们回台的那一年。"离别的痛苦和团聚的喜悦是成正比的。

一九七四年四月三十日妈妈在西雅图意外受伤去世。爸爸痛不欲生，每日以泪洗面。不久即着手撰写《槐园梦忆》。在书桌上方目悬一警句"加紧写作以慰亡妻在天之灵"，真是惨不忍睹。没想到如今我却步爸爸后尘。是年十月我劝爸爸回台访友，换换环境，或可略舒心境。爸凄然就道，从此开始奔走于台北与西雅图之间。每年我去机场迎接他回家时的快乐和兴奋是难以形容的。我从没忘记给他书桌上放一束鲜花，还把我儿君迈幼时为他做的有"欢迎回家"（Welcome Back）字样的木牌挂起来。一天，爸爸指着这块木牌说："不要摘去，就永远挂在这儿好了。"

一九八二年，爸爸最后一次来美。他自感体力日衰，对长途旅行渐感不支。一天，我在炒菜，爸爸突然自楼上咚咚咚地快步下楼，走入厨房，站在我身边，两手插在他的上衣口袋里，嘴上挂着不自然的笑容，以轻快的语气问我：

"我以后不来美了,怎么办?"我想他是鼓足了勇气来找我谈这回事的。他心里在淌泪了。我立刻说:

"你不来了,我就每年去台湾看你啊!"

"你这儿的家怎么放得下?"

"没问题,孩子都大了,士燿也很能照料自己,有什么放不下的?"

爸爸的精神松懈了下来。他满意了。

自一九八三年起我每年返台探望爸爸,多则十日,少则五日。我们要把一年累积的思念浓缩在短短的几天内,靠耳语,赖笔谈或无言对坐,得以倾诉。然后,再开始那漫长的分离,借每周一信来维持彼此精神上的支援。

岁月无情,生龙活虎似的爸爸渐渐衰老了。一九八六年底,我最后一次探望爸爸,共聚首十日。临行时在爸爸客厅中道别,爸爸穿着一件蓝布棉外衣略弯着腰,全身在发抖,他用沙哑的声音不厌其详地告诉我应如何叫计程车,如何把衣箱运入机场,如何办理出境手续。那一刻,爸爸又把我当作他的没出过门的小女儿。多少慈爱透过他那喋喋不休的呓语,使我战栗,永生难忘。

这次不祥的生离竟成死别。

死别

　　一九七四年四月三十日上午,我正在美国西雅图执教的教室中授课,突闻电话铃响。我授课时一向不接电话,但这次我有预感,觉得应该接,我向学生示意稍候,走入隔室,拾起电话。听筒中传来爸爸急促的声音:"文蔷,你快来!妈妈被梯子打倒受伤了。我们在等救护车。我们要到哪家医院我也不知道。我一到医院就给你再打电话……"话犹未了,我在听筒中已听到救护车凄厉的警笛由远而近。爸爸匆匆挂了电话。我像是被电打了,木然走回教室,面对全班学生。我没开口,学生已知发生了事情。全班学生鸦雀无声,一动不动地静静地看着我。我慢慢地告诉了学生妈妈受伤的消息,决定在下次电话来之前继续上课。我想我的声音在颤抖了,学生劝我立刻下课静候电话,准备离校。

　　不久,电话来了,爸爸告诉我妈妈已被运往华大医院急救室。我赶到医院时,急救工作已完。妈妈伤势不轻,要动大手术开刀。开刀房全被占用,要等数小时之久。这期间,妈妈以无比的忍耐力克制自己。她没抱怨,没呻吟,我不时用湿纸擦拭妈妈干燥的唇舌,

一九二七年二月，程季淑、梁实秋在北平欧美同学会结婚照

因大夫不准喝水。妈妈这时似乎已知不可避免的事即将来临，对爸爸说："你不要着急，治华①，你要好好照料自己。"我们最后送她到手术房门口，因语言隔阂，麻醉师请妈妈笑一下，表示对他的信任②。我很吃惊，妈妈居然做出笑容。我为妈妈叫屈："妈，您为什么总是为别人活着？"这是我看到妈妈清醒时的最后一瞥。妈妈含笑而去。

---

① 妈妈一向称爸爸的学名治华。
② 多年后，始知大夫请妈妈笑一下，是看她是否脑部受伤的一种诊断手段，例如：脑溢血，不会笑。当时我没明白，觉得这个要求很奇怪。

手术后，我和爸爸在加护病房外面等候，直到夜里十一时，护士来通知我，妈妈已不治。那时我离爸爸约有十米之隔。我望着他，一位疲惫不堪的老人，坐在远远的椅子上，静待命运之摆布。他的神情是那样的无助可怜！我慢慢地走过去。我知道我的责任，但是我无法启齿。爸爸用眼睛问话了。我张开了嘴，没声音出来。爸爸明白了。爸爸说："完了？"我点头。爸爸开始啜泣，浑身发抖。我看着他，心痛如绞。

五月四日，我们陪伴妈妈走完她最后的旅程，安葬妈妈于西雅图优美的"槐园"。

妈妈没有遗嘱。对我也没有遗言。妈妈对我的教诲，来自她那无比坚忍的力量和极度高超的人格。妈妈的去世使我仔细研究她的一生。她的叹息，积年累月的大小病痛，是否可以避免而未能？妈妈的突然离去，对我是当头棒喝，使我清醒。

妈爸在一起的晚年生活，的确是十分甜蜜的。有一次，我看到妈爸坐在汽车后座，俩人手拉手，如同情侣。这是难得一见的。妈爸在我们子女面前是从不用这种方式表达情感的。

妈妈故后，爸爸常对我说，他与妈妈的感情生活，和妈去世前他们的谈话。一天，他们在讨论生死轮回之说，爸爸说：

"季淑，我们下辈子还做夫妻，好不好？"

"好，可是下辈子我做夫，你做妻才行。"妈说。

爸爸答应了。

爸爸根本不信轮回，可是妈妈似乎深信不疑。这已是十四年前的往事了。

去年十月三十一日，爸爸给我的最后一信中说，我们快见面了，他很高兴。全信充满了希望和对别人的关怀。只在最后加了一句：

一九七〇年在美国补度蜜月摄于快速照相亭

"我近来食量少而易倦。"爸爸不喜欢惊动人,一切能忍且忍。所以这句话可能就是紧急警报了。西雅图时间十一月二日晚,我收到台北哥哥的电话,告以爸爸去世之噩耗。真如晴天霹雳。所有祝寿、过年之计划全成泡影。十一月十七日我偕二子君达、君迈仓皇返台,参加公祭及下葬典礼。

十一月十八日晨十时,我们全家聚齐赴台北市第一殡仪馆福寿厅。执事人员引我们入室,环立于爸爸遗体两侧,静观有特殊训练的工作人员为爸爸穿寿衣,自袜子穿起,以至上衣,一共四层丝质中式衣裤袍褂。最后穿鞋,戴帽。鞋帽上均有白珠,鞋底尚有莲花图案。帽子是中式黑缎瓜皮帽。爸爸一辈子也没戴过这种帽子,如爸爸有知,不知作何感想。依旧俗,穿寿衣应由家人亲自动手,但我们只象征性地为爸爸系了带子（寿衣上无纽扣，只有带子）。穿戴整齐后，我以我灼热的手紧握住爸爸的手，一直到他冰凉的手也暖和起来。

十二时左右入殓。家人将备好的陪葬物放在爸爸四周。我放在爸爸脚下一个银灰色纸盒，内盛有爸爸生前最爱之物，伴他永眠。不久，快到盖棺的时候了，我和爸爸轻轻地说了再见，虽然我知道永不会再见了。然后，我看到他们把棺材盖上了。那轻轻的一响正式结束了他的丰富灿烂的一生。我当时想，盖棺论定，此其时矣。但是已有人等不及了。

约下午二时，起灵。灵车是一辆破烂的半敞篷大卡车，与华贵的棺柩极不相称。我和君达、君迈坐在棺柩一边的木质条凳上，与十一位抬棺柩的工人和一位司仪先生共享与爸爸走这最后一段路的殊荣。不知是路面年久失修，还是卡车无避震器，一路之颠簸，使在美国长大的君达、君迈惊叫不已。我立刻正色以告，能与公公如此接近，手扶灵柩，走完这最后一程，是何等荣誉，怎可抱怨。君达以英语反驳道：

"妈妈，您有与生俱来的天然软垫，我们哥儿俩就惨了。"

我噗哧一声笑出来了。

君迈说："公公如果现在听见了，也会和我们一起笑的。"

顿时，我觉得爸爸真的和我们在一起笑了。那感觉像一股暖流，通过我的全身。爸爸若知道我们能在极端悲痛的状况下，还能不失幽默，恐怕他会颔首称是。

在迷蒙细雨中，我们抵达淡水"北海公墓"。简单的葬礼完毕后，我用鲜花和眼泪埋葬了爸爸的遗体。我离开墓地时，人已走空。我再回首对孤寂的新坟作最后的一瞥，无限凄楚。

二日后，爸爸的魂魄伴着我和孩子们飞回"槐园"。

我的妈妈程季淑

妈妈年轻时是走在时代前端的新女性。

妈妈是第一代未缠足、受西式教育的中国女性。她幼年努力求学，及长，自立谋生，奉养寡母，打破传统，自由恋爱。在我们儿孙辈心目中是位当年了不起的女性激进分子。

这些不凡的成就在时间的冲击下渐渐地被遗忘了。妈妈渐渐变成一位典型的旧式女性，在亲朋好友间被认为是位默默无闻的贤妻良母。但是她年轻时的豪情斗志，一直深深地埋在心底，鲜为人知，只有极接近她，而又真心爱护她的人，才能偶一窥察妈妈内心的奥秘。

妈妈自幼失怙，寄居叔伯家中，凡事克己，诸事隐忍。不幸的童年对妈妈以后一生做人做事影响甚巨。

妈妈娘家人口众多，经济不裕。叔伯辈对女子上学不无烦言。妈妈尽力节俭，但求不致辍学。每日清晨食冷饭一碗，中饭无着。每至中午，同学聚集共用午膳之时，妈妈则借故避走，以免被发现其窘境。如是者数年。后入北京女高师，住宿就读。北平冬季严寒，

少年程季淑

宿舍无取暖设备。校方规定每日用水擦洗地板，擦毕，水即结冰。每晚发给一个"汤婆子"①，用以取暖，但无济于事。次晨，双腿仍冰冷如故，造成日后"寒腿"之病根。上体操课，学校规定要穿全白上衣。妈妈只有一件带有蓝方格的白布上衣。向叔伯讨钱买衣，必遭申斥。一筹莫展，穷急智生，连夜不眠，将蓝色经纬棉线一一抽出，得以通过检查，符合学校规定。

妈妈喜爱绘画，曾考入国立美术专科学校，就读年余，艺专因故解散。妈妈觅职自立。俟艺专复校，迫于生计，未能返校完成大专教育，遗憾终生。但妈妈未展之艺术天赋，偶可见于其书法、针织、刺绣之间。

---

① 汤，古意为热水。汤婆子，是从前北京人冬天放在被窝儿中的铜质圆形或椭圆形取暖用的热水壶，源自苏东坡和友人和尚开玩笑，说和尚没有女人很可怜，和尚说："我有两个，一个竹夫人，一个汤婆子！"（乃指竹枕和热水壶）。

我童年时，正值抗战期间，北平沦陷。爸爸远走后方。妈妈与外婆带着我们姊兄妹三人在无经济来源之下，住在大家庭中。住房为祖产，水费由祖父母支付。我们的生活教育费则靠爸妈之储蓄。储蓄无多，不久耗尽。无奈，于抗战后期全赖祖父贷款接济。妈妈竭尽所能，减缩开支。一家大小，衣着鞋袜，多由妈妈亲手缝制，经常深夜埋首缝衣机前，为祖父缝布袜，为叔叔裁衬衫。晚间熬夜，侍奉翁姑吸烟消夜，忙碌终日。然大家庭人多口杂，小叔小姑，闲言闲语，在所难免。妈妈一概逆来顺受，忍气吞声。一次，祖母抱怨开销过大，谓："一碗水，大家扛，还成啦！"言外之意，指我们一房不该白住祖产，接受祖父之接济。妈妈为此，伤心透顶。妈妈在那段艰苦岁月中，给我的最深印象是：她自里院祖父母房间匆匆走出——妈妈年轻时走路很快，生气时走得更快——走进我们的住房，站在过厅正中的一个大餐台前，倒一碗酽茶，闭着眼，皱着眉，一手托着茶杯，一手按着胃部，一边喘息，一边一口口的吞下苦涩的茶。那时，稚龄的我，虽不懂大人的事，也知道妈妈又被欺侮了。我无法安慰她，只知道要乖一些，别再惹妈妈生气。妈妈遇有任何不如意事，总是忍耐，日久天长，竟抑郁成疾。

妈妈在上有三老（祖父母、外婆），下有三小（姊、兄、我）的处境中，独力支撑。有一年，我患百日咳，继之而来的是我们三小连患水痘。妈妈苦熬，未等我们痊愈，即已累倒，入协和医院疗养。那时医学尚未昌明，未能了解精神与肉体之密切关联。医生诊断为"没病"，只是体弱，宜食补。月余后，返家，更遭物议。祖母则冷言冷语："你二嫂啊！身子骨儿可娇嫩啦！什么病没有，就是得吃好的！"我回忆当年妈妈病发时之暴食记录，一口气可吃十六块大槽糕，才能稳住晕厥现象。以现代医学常识来看，或可视为一种精

程季淑四十岁生日摄于北平

神性饮食反常。

妈妈在经济拮据时,自己含辛茹苦,但对我们的教育却从未节省分文。妈妈对待佣人,永远宽大。对不幸之人,慷慨解囊,不求回报,亦不宣扬。妈妈常常以德报怨,在忍无可忍的情况下,也不出恶声,仍保持她的一贯做人道理。妈妈这些默默的德行,使接近过她的人尊敬她,甚至为她打抱不平。

我们迁居台湾后,妈妈的全部生活寄托在爸爸和我身上。可以说,妈妈从来不为自己生活。她不怨天尤人,也不反抗。她每天尽她所能为爸爸和我服务。我们也就甘之如饴,从没为妈妈着想,探讨妈妈历年长吁短叹、大小病痛的根源。现在反思,内疚良深。

检视三十年来爸妈给我的信件,几乎没有一封没有诉说妈妈的病痛的。一九五八年妈妈曾在信中写她自己的心境:

中年时期的梁实秋与程季淑

"……你别像我似的,一辈子就没放肆过,小时不能玩儿,大时不能玩儿。现在老啦!拘谨成了天性,让我狂欢一下,也狂不出来了。好像老太太的脚趾头,弯曲了一辈子,再让它直也直不起来了。……变成了长期的郁闷,非常苦恼。……"

爸爸同年另信中说:

"妈妈近来身体不好,眼不好、头晕、胳臂疼、腿疼、牙疼、胃疼。总之,是不疼的地方较少。……"

一九七一年信中,爸爸又说:"……现在没有别的事比妈妈的健康使我更关切。……"妈妈的长年忧郁症是我们生活的阴影。

我在婚前,对婚姻生活及社会传统对女人之压力非常无知。即使偶得蛛丝马迹，亦无智慧充分了解问题之症结。记得一天，我打开妈妈抽屉，寻找一样小东西，无意中发现一张小纸条，上面写着一句话："不要忘了我自己。"是妈妈的笔迹。我立刻放回原处。我窥视了妈妈的秘密，感到无限愧疚。过后，也就淡忘了。但是，这句话的分量随着我年岁和人生经验的增长，在我心头日益沉重。在我婚后，放弃工作，在家相夫教子的十二年漫长岁月中，我开始了解妈妈，也了解妈妈那句话的真谛。因为在那些年里，我几乎完全重蹈妈妈之覆辙。妈妈的种种病痛都在我身上出现。那时我才三十多岁，我也住过医院，诊断也是没病。到底妈妈久病成良医，在一九六二年十月二十一日给我写"谈病专号"中嘱我如何保养身体，提醒我最重要的一点是不可心中郁闷。这么简单的道理，居然是两代病病歪歪的女人的智慧总和。

我在一九六一年生产第一胎后，决定放弃华盛顿大学医学院心脏研究室的工作，专司母职。妈妈并未表示过意见。一九七三年，我觅得教职时，妈妈也只略表赞许。一九七四年，妈妈故后，由爸爸口中才知道，妈妈为我辞职非常懊丧，我于十二年后恢复工作给予妈妈极大快慰。

妈妈已弃世近十四个年头了，她永远活在我心中，活在我身上。她一生的快乐与痛苦，使我领悟人生的哲理。她对我的无限慈祥与期望，将永为我努力向上所需勇气之泉源。

亲情

人对父母都有一种特殊的情感。我姑妄称之为亲情。每个人的亲情都不同。要看父母是什么样的父母，子女是什么样的子女。彼此之间的关系如何。即使是亲兄弟姐妹，对父母的亲情也因人而异。

我想一般人对父母的感情不外乎是感恩，和对父母之回爱。这是属于正面的。偶也有负面的情感，例如子女认为父母可厌，可恶，可恨，甚至可杀。这真是非常不幸的事。以中国传统观念来说"天下没有不是的父母"，这是不动脑筋的人说出来的话。父母是人，哪有不错之理。若强迫子女认父母的不是为是，那是黑白颠倒，是非不清。这种观念岂是一个"孝"字可以粉饰得住的？所以，父母子女之间如有负面情感产生，情况可能十分复杂，不能以子女不孝，一言以蔽之。

我的双亲都已离我而去。我自己也做了二十六年的母亲，二子均已长大成人。有了为人女、为人母的全部经历，我自觉可以评估一下我对我父母的亲情。

第一，我并不感激父母生我。父母生我不是为了我来这世界享福或受罪的；父母生我也不是为了他们自己的任何好处。据爸爸说，他们在生了三个孩子之后，又怀胎生我，是妈妈的主意，因为妈妈认为只有一个男孩子单薄些。这个说法，我从没向妈妈取得证实。所以，我不能接受为事实。这种事牵连夫妻之间关系，可能十分复杂，我不想妄作推测。但是有一点铁的事实，是他们在知道怀胎之后，两人同意打胎。这一点证明，不管事前是谁的主意，事后两人都不希望再生一个孩子了。于是，爸爸就陪同妈妈去医院要求医生为妈妈打胎。不知为什么，打了半天没打下来。据妈妈说医生给她吃了奎宁丸，应该灵的。在医院中住了两天，孩子没打下来。妈妈也就认命，回家去了。过了半年多，一个娃娃呱呱落地。那就是我。

我大约在十几岁时即知此事。我对妈爸没有怨意，也没有感激。我只觉得这是很有意思的一段历史。事关我的存在与不存在。我在快乐时，有时也会想，幸亏那颗奎宁丸没发生作用，否则，这些人生乐事就不可能经历。在我痛苦、消极、孤寂的时候，有时也会感叹，当初若没生我，岂不免了今生的痛苦。无论我如何想，我从没怨父母的意思。

第二，我对父母养我，即给我衣、食，把我养大成人，我只有些许感激。因为，我认为父母把子女养大是一种生物的本能。所有的动物，可能有很少例外，都是如此。如果生下孩子，任其冻饿而死，岂非禽兽不如？所以，我的些许感激是出于庆幸父母是正常的人，没有变态心理，虐待亲生女。也没有因打胎不成，而对我有任何歧视。

第三，我对父母给我的教育，不论是家教，或正规学校教育，我都非常感恩。我认为家教比学校教育重要多多。我的家教，主要来自妈妈,爸爸对我也有极大的影响,但那是我十几岁以后的事了。我把家教看得十分重要,所以,我另写专文陈述。妈爸给我受的正规学校教育,我非常满意。这并不是说满意到了无遗憾。而是以当时的客观物质、社会条件,我已得到最好的受教育的机会。至于,我是否曾充分利用那些机会把自己造成一个有用的人、身心健康的人,我自己要负起责任。我不应该抱怨父母,为什么我没有学过这个或那个。妈爸为了我们三个孩子的上学问题,可说已尽了全力。他们已尽他们所知、所能,培养了我。他们赢得的不仅是我的感恩,还有尊敬。他们对教育的重视,使我继承了重视教育的观念。影响我给我孩子的正式教育,也影响我对我的教学工作的态度。我的两个儿子都出生于美国西雅图,受的美国公立学校小学教育,孩子们上的学校虽有优点,但缺点很严重,就是学生有不学习的自由,到时照样升级毕业。经过几年的忧虑与设法改善,孩子们的学习成绩及态度都欠理想。那时,正值我觅得全职教职,成为双收入家庭。经济情形大幅改善。于是我们开始考虑把孩子们送入昂贵的私立学校,学费是我的全部薪金,路远,每天要开车接送。一旦入学,要维持此后八年漫长的岁月,直到幼儿高中毕业。这是一项重大的决定。我们再三考虑,在我夫妇两人全职工作的生活担子下,是否能胜任。上私立学校有许多缺点,除价昂,需接送外,尚需与许多富家子为伍,难免沾染浮奢气质。但是最重要的优点是该校在智、德、体三方面并重,而且没有不学习的自由。学校老师与家长密切联系合作,需要家长的精力与时间。我和丈夫二人权衡轻重,想了三天三夜。最后,做决定,上私立学校。这时,妈爸正住在我家,冷眼旁观我们举棋不定的三昼夜。他们在旁一声不响,不试作任何建议与暗示。但是我知道他们对孩子们的教育和我们一样的关心。等到我们做出决定，我走入妈爸的卧房，告诉他们我们的决定时，妈妈坦然地笑了，向我伸出大拇指，一言未发。爸爸轻松地走过来说："我早就知道你们会这样决定的。"

东方人和犹太人家注重学校教育，是普遍的现象，不值一提。我特别感激父母的是他们只为我提供最佳之学习环境，并不对我有过分的要求。我从来没有感觉到，我必须得高分，以博取他们的欢心。我也没有心理负担，我必须成龙成凤地去光宗耀祖。我念书是我的事，不是为了满足父母的期望。我之所以能有一个快乐美好的青少年时代，这是一个很大的因素。为此，我感激妈爸。

第四，我最最最感激妈爸的是他们给我的爱，无边的爱，无底的爱，无保留的爱，和艺术的爱。他们知道如何爱，他们依我年岁知识之增长而随时调整爱的方式。依时代的变迁，居住环境风俗习惯的不同，他们适应爱我的方法。他们唯一没给我的爱是溺爱。我在这么浓馥的爱中生长成熟。因此，我自小就会爱，我爱人，我爱一切有情。我爱穷人，爱笨的、丑的、没人要的人，爱街上的叫花子。爱常常带给我苦涩，我还是高兴，我有这爱的能力。在没有爱的环境中长大的孩子，常常不知爱为何物，不但不会去爱人，也不能接受别人的爱。在一个没有爱的世界中活着，还不如死去。我年轻时以为每人都有父母的爱，只有孤儿没有。年长后，见识广了，才知道天下父母形形色色。我是很幸运的一个孩子。

自从妈妈十四年前过世，爸爸和我之间渐渐建立起一种友爱，知心的老友般的爱。我和爸爸两人之间可以算是无话不谈。谈话内容，早已超越普通父女讨论项目。所谓代沟几乎没有，这是十分可贵的一段人生体验。爸爸和我都知道。我们珍惜我们的不平凡的亲情，直到爸爸在世的最后一天。

有人说我很"孝"。这个"孝"字我不敢当。善事父母者谓之孝,我没做到,不过,我心里的确是爱他们,只是爱得不够深,不及他们爱我的万分之一。

如今,席已散,幕已落,只剩下我一个演员,在舞台上徘徊,抚摸着零散的道具,独自回味这五十余年的悲喜剧。

我的家教

我自出生到二十六岁离家赴美读书，几乎全部时间与妈妈住在一起。在抗战期间有六年时光，爸爸一人在后方重庆，妈妈和我们姐兄妹三人在北平。除去这六年，我在二十六岁以前，只有二十年与爸爸同住。所以如果以年代算，我受妈妈影响的时间较长。从另一个角度看，抗战军兴爸爸离家时，我只有五岁多，一直到十二岁才再与爸爸在四川团聚。这六年的光阴正是我性格的形成、习惯之建立与价值观念的初步定型时期。我可以说，在我的这段生命里，爸爸与我没什么重大关联。所以我更觉得在我幼年时，妈妈影响我最深。但是从我十六岁到台湾之后到我二十六岁赴美的这十年里，我自觉受爸爸影响较深。我妈爸给我的家教并不止于我离家赴美之时。因我们通讯之频繁，他们对我的影响一直持续着。从表面上看他们对我之教诲止于他们去世之时。但从我丧母十四年、丧父半年的经验中，我感觉妈爸对我的影响依然存在，而且他们过去的言行、文字对我有了新的启示和意义。所以，我的感觉是，他们虽已"离席"，仍活在我心中。他们对我的家教仍在进行。而且不但在我的身上不断发生新的效果，还通过我，已传给了我的下一代。

先说我幼时的家教。我五岁以前，记得的事不多，所以无法具体描述妈爸是如何管教我的。可是我知道，而且也记得，妈妈为我请了一位保姆。她姓邱，我们叫她邱妈。邱妈的前额正中有一个很大的倒挂水珠形的黑痣。邱妈对我很好。我长大了不需要她时，她被辞退，我大哭了一场。这是刻骨铭心的悲伤，所以一直记得。我们姐兄妹四人（我二姊夭折）都是由专职保姆带大的。所以，在我生命之初，不要说爸爸，即使是妈妈，恐怕对我影响还不如邱妈。邱妈是一位没受过教育的中年妇人，据说她很慈祥，也很爱我。我记得，我小时吃饭不和大人同桌。我们小孩有一个小桌，由保姆照料我们吃饭。在我记忆中，那时的爸爸是一位穿长袍的很高大的一个男人，他好像整天在他的书房里，那是我们不常去的地方。妈妈是一位已"发福"的和善的女人，每天忙出忙进，走路好快，我总追不上。我不记得，我被打过。只有一次，爸爸对我施了"体罚"，被罚时的惊吓是如此之深，至今仍记得。至于我的"罪行"是靠后来长大后，别人告诉我的。缘由起于冬天一大清早，我不肯穿裤子就要到院子里去玩儿。爸爸火起，把我抓起来，猛扔在一大堆棉被上。然后再抓起来，再扔。把我扔得头昏眼花。棉被是软软的，一点儿不痛。但爸爸的盛怒和暴力给我太深的印象。自此以后，我就学会了，穿了裤子才能出门。后来，听哥姐说，他们小时都有"罚跪"的经验。我生也晚，阿弥陀佛，妈爸的家法后来有所改善，我得免受罚跪之苦。

爸爸入川后，妈妈和我们三个孩子住在北平的六年中，我渐长大，也开始记事。妈妈在这段岁月里备受精神的煎熬。我们是住在梁家的大家庭里，妈妈除了侍奉祖父母外，还得照顾小叔小姑，剩

程季淑之母吴浣身（左）、程季淑（右）、梁文薔（中）合影

下的时间还要照顾外婆，所以，对我们三个小孩的要求也就不会太高。只要不吵嘴、不出乱子，规规矩矩的，就可以了。妈妈不善辞令，不说教。她在消极方面，以身作则；积极方面，节衣缩食，扎紧裤带，把我们送入学费昂贵的名校。上名校的理由有二：第一，功课严、水准高。第二，同学出身好，不说脏话。事实上，对妈妈而言第二点恐怕比第一点还重要。我家隔壁是一个穷人住的大杂院，经常鸡吵鹅斗，秽言秽语，随风飘来，听得我汗毛竖立。我想妈妈也都听在心中。所以，送我们上"贵族"名校，动机多半还是在企图给予我们较好的德育。智育方面，妈妈对我们的要求不高，及格就好，如果有"甲"，当然夸两句，如果是"乙"和"丙"，妈妈也不骂我。但是每天晚上一定要做家课，然后收拾书包、准备好第二

日上课用书、笔、纸、墨盒、手工用具，然后才可上床。这个好习惯，在我上小学二年级时（我没上过一年级，下面解释。）即已养成。直到如今，年过半百，教书十几年，仍然每晚备课"收拾书包"，像小学生一样。我在学校同事中算是有条有理的，我认为是出于幼时妈妈给我的训练。凡事，事前准备好，不可临时抓瞎。

爸爸认为小孩离开父母上学是十分残酷的事。这是因为爸爸自己幼时的上学经历，非常不幸。据爸爸自己形容为第二次断奶。因此，我姐姐哥哥都没按时上小学，而是由家中请家庭教师教授，我自然也跟着学了几个字。后来为了姐姐哥哥要上中学时，要有小学毕业资格，才把姐哥送入小学六年级正式入学。那时爸爸已不在北平，妈妈也想开了一些，顺便把我也送入北平王府大街救世军隔壁的培元小学上一年级。一年级功课很容易。第一课国文是三个字"天亮了"，书本上有幅图画，画着一个初升的红太阳，这是全书唯一的一页彩色印刷，我印象深刻，非常喜爱。这一课，老师教了一个星期。第二课是"弟弟妹妹快起来"，老师又教了一个星期。这些字我在家中早就学会了。于是妈妈沉不住气了，带我到学校去与老师交涉，要跳班。那年头跳班很简单。第二天我就到二年级教室去上课了。因此，我可说，我没上过一年级。

妈妈要我跳班，是怕我浪费光阴，无可厚非，但却铸成大错。从此，我在功课上总有赶不上的感觉。得甲时不多，多半是乙，甚至得丙。妈妈虽然从不责怪我，我心中抑郁，自觉处处不如人，不被同学爱戴，不受老师青睐，造成自卑的心理。可是，我骨子里并不服气，我认为我虽然考不好，我的能力并不比名列前茅的"好学生"低。心中有一种"不平感"。

有一天，我的成绩单上出现了一个红色的"丁"字！科目是注音,妈妈大怒。训诫我说:"你今天如果不把那些符号都记住,你就不要吃饭!"这是我一生中,妈妈训诫我的第一次,也可能是最后一次。因为以后如果仍对我正颜厉色过,我也不记得了。不准吃饭!事态严重!我一边哭泣,一边坐在书桌前努力记忆那非常可厌的符号。晚饭上桌时,我已完全记清楚了。由妈妈考试及格,顺利过关。一直到今天,我记得每个注音符号,而且经常使用,查字典时非常方便。

在我记忆中,妈妈对我严厉地管教,只这一次。我得益不仅是认识了注音符号,享用一生,而且因此扫除了一些心理上的障碍。我略知我自己有一些潜力,只是没有发挥。我并不是一个真的"坏学生"。这一点点的自觉,对我是十分重要的。我觉得非常遗憾,我没在妈妈在世时亲口对妈妈说这些幼时的心路历程。如今只能在追忆她的文字中写给读者看了。

为了跳班,我在小学以至初一上南开中学时,成绩一直不很理想。南开是一个功课很严的学校。我因家远,一整学期才回家一次。无论在情绪上、日常生活上都不能自己照顾自己。加上每日睡眠不足(臭虫咬,蚊子叮),一年下来,成绩报告单上有两门不及格。其中一门是博物,老师姓钟,绰号是"母老虎",我永远不会忘记她!两门不及格的命运是"留级"!虽然"留级"的学生占全班学生人数的三分之一,还是非常不光彩的事。我的羞愧使我抬不起头来,更无颜面对妈爸。南开的学费那么贵,留级会增加妈爸的负担。我想妈爸对我一定失望透顶,而且有辱门楣,大概要痛痛快快揍我一顿。没想到,爸爸只长叹了一声,妈妈反而来安慰我。我当时年纪小,只感到惭愧和侥幸。日后,才悟出他们不责备我所带给我的信息。他们对我的慈爱、体贴、谅解影响我对教育的看法,也给我立下做父母的榜样。于是我读了两年初一，打下了良好的基础，以后读书就算一帆风顺了。现在想来，那次留级虽不光彩，却是塞翁失马。

以现代的观点看，或以西方文化观点看，妈妈对我的管教是旧式的。但以三十年代保守的北平为背景来看，妈妈所给我的家教可算很新，或说很开明。妈妈从来没有直接或间接地要我接受她所信的佛教，或强迫我做一些与宗教有关的活动，如拜祖宗、给死人遗像磕头之类的事。我在台时，有几年妈妈祭祖祭灶，我都无需参加。我小时没少磕过头，没少去过大寺院，参与几百和尚念经的大场面。那都是我祖母和叔叔们的习俗。在我的"小家庭"中，小辈给长辈磕头，长辈给祖宗磕头的这种"长幼有序"的中国固有文化，已被摒弃。取而代之的是"互相尊重"。注重精神实质，而不注重形式外表。我之能成为今日的我，与我妈妈对我的管教方式有重大关系。例如，妈妈没要求我们称她"您"。说"你"就可以了。这对北平人而言，在三十年代初，是革命性的。最严格的方式称呼父母是不准称"您"，只准称"妈妈"或"爸爸"，我想其他地区的风俗也是如此。我妈妈不但不教我们如此"多礼"，而且自然而然地或有意地给我们养成称她"你"的习惯。这并不是由于妈妈不懂老规矩。她称她的长辈一律为"您"，如果用"他"时还说"怹"（音tān）表示尊敬。我除了称妈爸"你"以外，称其他长辈一律为"您"。所以，对外，我还是依旧俗。我现在分析，妈妈不坚持我们小孩称她"您"的意义是妈妈不愿我们认为她是高高在上的，这里面有平等的暗示。我小时学给爸爸写信时，妈妈也不教我写"父亲大人膝下"之类的称呼，只写"爸爸"二字即可。从这些小事里，我看出我与妈爸之关系，基本上是建于平等地位。但是，说也奇怪。我长大后写信给他们则一概写"您",或"您们"。他们也没来纠正我。这只是一个例子,在其他许多小事上,妈妈都不以旧礼教来约束我,给我许多自由。因此,我必须训练自己,养成自己做选择或决定的习惯。妈妈是从极旧式的程家嫁到极旧式的梁家,自己也没接触过多少西洋文化,而能给我以相当平等、自由的环境长大,大有利于我成人后,接受更大幅度的自由与民主的观念。直接影响了我教育我二子的方法。我对妈妈除了感激还十分敬佩。妈妈是有大智慧的人。

妈妈还有一点美德,对我影响至巨,就是对钱的看法。她绝不浪费钱或任何物资。这在中国的贫穷社会中,几乎人人如此,似不值一提。但是妈妈到了该花钱时,她绝不吝啬。"钱要花在刀口上",这是妈妈教给我的对钱的态度,使我一生受益。

妈妈还有无比的"忍耐"的力量。大概是受了"妇德"熏陶过深,一切都以别人为重。自己可以承受合理的与不合理的外来压力,逆来顺受,绝不反抗,也不抱怨。所以与妈妈来往过的人,多称她为温柔贤淑。这是称赞、嘉许。可是,我爱妈妈太深了,我认为这是不公平的。我为妈妈叫屈,我认为别人也应该对妈妈"温柔贤淑"才对!妈妈常对我说:"我就像一块面团,别人把我捏成什么样都成!"这句话中含有多少辛酸啊!妈妈这种忍耐的"美德"也传给我了。这种"美德"可能对维持家庭和睦、对待亲朋好友有润滑剂之功能。但对自身心理健康及事业之发展,却是一个负担。妈妈一生身体多病痛,长吁短叹。都是"忍"出来的。以现代语称大概是叫"由心理因素引发之生理病症"(Psychosomatic)。

爸爸对我之家教,总括说来,似乎采用的是道家方法——"无为而治"。爸爸不喜欢训话,和妈妈一样,主要是身教。但是不同的一点是爸爸善于辞令,家居过日子,也常常妙语如珠。看到社会上不顺眼之事，必用极文雅之词句破口大骂。他的口头禅是"无耻"。如果仍不能解忿，则骂"无耻之尤者"。所以，在我小小的心灵中，谁是"无耻"、谁是"无耻之尤者"，一本清账！这也是一种家教，是非常有效的方法，教我辨是非，明礼义，知廉耻。如有"无耻"之徒上门，则为之取绰号为"李义廉"。爸爸对人品高尚的人则特别敬重，经常为我重复地讲义人逸事。既好听有趣，又生崇敬仰慕之忱。爸爸评人水准极高，所以，可作我行为楷模之人，为数极少。从正面看，我的道德水准应该很高，是好事。从反面看，道德水准太高了，连自己都做不到，不免自惭形秽，产生自卑。

我小时，爸爸给我讲过一则小故事，是古希腊犬儒学派哲学家第欧根尼（Diogenes）的轶事。那是无关紧要的，贵在故事本身。爸爸说：

"从前有一个人，白天在街上打着灯笼走。别人问他在做什么，他说：'我在找人。'"我年纪太小，不能充分了解。及长，阅人日多，才知其深奥的道理。

妈爸对待仆人特别宽厚。以中国旧社会主仆关系来衡量，可称仁至义尽。最重要的一点是他们对仆人有礼貌。尤其以迁台之后，对待"下女"更加宽大且具爱心。"下女"一词是台湾特有，我家虽也入境随俗，学会说"下女"，但在"下女"面前从不用这么贬人的称呼。所以，在我家服务的小姐们与我们都有良好关系，多半服务到出嫁才离去。妈妈就热心地为她们买嫁妆。出嫁的女仆很早就会代寻一位女友来顶替她的位子。过几年后，出嫁生孩子的女仆还会回来看妈妈。这种主仆关系不是家家都有的。妈妈能做到这一点靠两个字："仁"和"忍"。

我的家教中最弱的一环，大概算是我接受的性教育。我小时问的有关性的问题，都没得到回答。后来渐渐悟出这是不能提的事。因此，到了十二三岁仍糊里糊涂，不懂人事。等到我上大学，有一天，回家，看到客厅茶几上放着一本有关生理卫生的杂志。这种杂志是从来不进我家门的，哪儿来的呢？我好奇地拿起来翻阅。一看，恍然大悟，里面有男女生殖器官的基本知识。我当然看了，也不作声。过了几天，家中又出现了一本，是第二期。当然，我心中明白，这是有计划的预谋。读毕，意犹未尽，因我上大学时已不知从何处渐渐得到了普通常识，心中疑惑非几本生理卫生所能解除。这样神秘的杂志出现了几次之后，又神秘的在我家消失。于是我的性教育也就圆满结束了。这种教法虽不够理想，但是妈爸居然想到了，尽力而为了，已是不易。我自身的经历使我觉悟性教育的重要。在我为人母时，应做得更好些。

家教包括妈爸的一言一行，也包括他们不说不做的，实在是一个写不完的题目。妈妈常说：

"一个小孩像一张白纸，父母往上写什么就是什么。"

可见妈妈对家教之重视。如今，我自己做了母亲，而且已尽了母亲之责，感到事情并不如妈妈说的那么简单。第一，白纸有道林纸、白报纸、宣纸、厕所手纸等，种类繁多。往上写字的人也不止父母二人，大家都往上写，有人在纸上涂鸦，做父母的想擦也擦不掉，于是写写擦擦，擦擦写写，手忙脚乱。二十多年一晃即过，白纸变成墨宝，还是字纸篓中的废纸，实难预料。有人说，孩子是父母的一面镜子。我说孩子是整个家庭与社会的一面镜子。

爸爸和信

写信是爸爸生命中很重要的一环。他爱收信、爱写信、爱发信、爱藏信。我很难想象，如果没有邮局，他的生活会变成什么样。一九七二年爸妈迁美与我同住。我们为了筹备迎接他们，决定买房搬家。买新房条件之一是必须近邮局。我常喜调侃爸爸，说他一辈子只会做两件事，一是写稿子，二是上邮局。

爸爸写信之勤快，很少人能望其项背。这当然和爸爸的写作经验有关。有人提笔千斤，视写信为畏途。爸爸拿写信当家常便饭，认为是每日工作之一，是舒情怀之方式，是与世界沟通之桥梁。爸爸写信，振笔疾书，不拟稿，不重写，不修改，一气呵成。然后重读一遍，写信封、贴邮票、密封。常常一口气写上三五封，置于案头。一贯作业，有条不紊。遇有重要信件，则绝不假人手，必须亲自投邮。遇有急事，则一言不发，皱着眉头，直奔邮局，分秒必争。信件一入邮筒，如释重负，然后款步回家。

爸爸的信一如其人，很洒脱，不注重外表。他不肯买特殊信笺和信封，能用就行。他常常用停业公司行号之作废信笺写信，有时也用久藏发黄的稿纸。由此可见他的节俭和风格。

爸爸年轻时写信，常只写月日，不注年份。后来大概受胡适先生影响，为日后考证方便，提倡写信注明年月日。以我存家书为根据，这个转变大约发生在爸爸六十岁以后。但是习惯难改，提倡归提倡，自己也常常忘写。大约在爸爸七十岁以后就每信都有年代了。在这期间，爸爸经常督促我也如此做。我不肯，怕麻烦，而且心中不服。我辩称，我的信没有后人来考证，记年代所为何来？后来，为了讨好爸爸，只得照做。日久成习。现在才知道，即使无后人考证，自己当资料查查，也是十分方便（因我给爸爸的信，亦由我收藏）。爸爸在信尾纪年是依民国纪元，不喜用公元。最近，有人翻印他的文章，未得他允许，把文章内之年代都改成公元了。他非常愤怒。其实，更改之处甚多，岂止年代？爸爸不习惯用公元，但并不反对别人用。

爸妈给我的家书，在一九七五年以前，都用邮简，当然是为了节省邮费。但是一九七五年以后，渐改为航空信封，并且说明以后不再用邮简了。这个转变，我不明确知道为什么，因为我没问过爸爸。但我猜测与他的年纪有关。上了年纪的人常会想到身后之事。写信纪年和改用信纸信封都是为了后人的方便。爸爸做事一向深谋远虑，为他人着想，此一例也。

爸爸之爱收信，在《雅舍小品》初集《信》一文中描写得淋漓尽致。他收信时心情之迫切和发信时不相上下。邮差前脚刚走，爸爸就已飞奔出去取信了。如果由家人代取，最好三步并两步，赶到信箱，将信取出，乱七八糟一大堆一股脑儿全部交给爸爸，由他分发，他要先睹为快。若有人有同癖，也要先睹为快，或慢条斯理，让爸爸干等，他会十分光火。爸爸是个十分心急的人，得自祖父真传。我曾见过一位真沉得住气的先生。他看到信件不慌不忙，慢慢分类，置于桌上。然后烧一壶开水沏茶，看电视新闻，然后吃晚饭，饭后悠哉游哉地拆阅信件，修养可算到家了。

爸爸写的家书内容丰富，笔调生动。读其文如人在室，阅其字如响在迩。我与爸爸三十年来聚少离多，全以纸笔代喉舌。唯因书信频繁，内容巨细靡遗，不见面反而比见面彼此了解更深。因为有时表达灵魂深处的感受，笔谈胜面谈。

爸爸强调写抒情文章要细腻。他自认《槐园梦忆》还不够细腻。若论细腻我想他的家书可称细腻，因为不是为发表而写，可以百无禁忌，直言无隐。鸡毛蒜皮，包罗万象，调侃谐谑，异趣横生。但有时，轻轻的几句淡描，勾出了凄怆悲戚的心境，铁心人也会为之动容。我想好信恰如好文，但求其真。

爸爸的信如其散文，文白相掺。常引古人句，或吟诗填词以抒情。但几无例外，所有诗词皆为感伤之作。不知为什么，人在得意快乐时就没心思去咬文嚼字地寄情诗词了。

爸爸有藏信癖，但藏信标准并不全符《信》文中所提各点。常有例外。依我旁观，例外每出于一个"情"字。如果爸爸对写信人有情，不管是恭楷、潦草、横写、竖写、有无标点，一概收。一收就是一辈子。爸爸早年最大的收藏当推爸爸留美时爸妈互写的情书。那是分量很重的一大捆信，密藏在一个细长的小柜中。这个小柜在有雕木罩盖的古式大床的两侧下方，小柜没有锁。尘封的那捆信就藏在小柜深处，外面放满了妈妈的鞋。我小时喜欢趁妈妈不在家时，偷穿妈妈的高跟鞋，没想到把鞋取出后，发现在黑洞洞的柜底有一大卷纸。我用长棒把它钩了出来，信纸上全是密密麻麻的蝇头小楷。那时，我太小，还不识几个字，更不明白什么叫情书，只知道有些神秘，很害怕。所以，一声不响地又把信放回小柜最深处，佯作不知。一九四八年冬，爸爸仓促离平时，付之一炬。为了此事，妈妈十分伤心。

爸爸珍藏的朋友的信不多，但是很精。有几封信已发黄虫蛀，更显珍贵。一九六八年，我向文墨轩萧老板习裱画，顺便为爸爸的旧信托裱，得以留存。已陆续在爸爸写的纪念文字中发表。

爸爸最后想要珍藏的信是他自己写给我的家书。三十年来已积存逾千封。爸爸在世最后几年中，每年都要盘问我是否收妥。我想他如此珍惜他自己的信，恐怕也是一个"情"字吧！

爸爸的打字机

我不知道我几岁开始记事，总之，抗战以前的事是非常模糊的。那时我住在北平的老家，只有几桩事似乎依稀有些印象。其中之一是一种熟悉而又神秘的声音，"嗒嗒嗒，嗒，嗒嗒嗒嗒嗒，嗒……"单调却有节奏。这种声音时时自小南屋传出来。小南屋是一间阴暗坐南朝北的房间，窗外有四大棵十分茂盛的紫丁香树，使光线更不易照入屋内。窗下还有一畦玉簪花，花开时，异香扑鼻。这间屋内有一种特殊的气味，也许就是"书香"吧！一进门，左手靠墙是自地到顶棚（南方语为天花板）的大书架，看不到墙。右手是一个非常大的两人对面坐的写字台。写字台上有书、烟灰缸、文竹之类的摆饰，还有毛笔架、砚台，和一个绿色的小水罐，罐内有一铜质小勺。写字台的正中常摆着那个会发声音的神秘的机器。在那时，我幼小的心灵里，这个机器与核子反应炉一样伟大。它代表着一个深不可测的知识领域。这个机器是爸爸的玩具，我是不能玩儿的。我知道。所以我特别想玩儿。我仿佛记得，我趁爸爸不在时，偷偷进去摸过机器上的圆形键盘，对这个黑色高高的机器充满敬意。家中唯一可以与这架机器媲美的是妈妈的胜家缝衣机。

在抗战期间，爸爸只身远走后方。爸爸走了，那"嗒嗒嗒"的声音也没有了。小南屋一直空着，屋里更黑。阴凉凉的。我很少进去。抗战胜利后二年，我们全家又回到北平的老家，小南屋的主人又坐回他的老位子。不知从什么地方又把那架出声的机器请出来了。于是，我又听到了那熟悉的"嗒嗒"之声。但是，神秘感没有了，原来是一架英文打字机！键盘上面的字我也都认识了。虽然如此，想玩儿打字机的心情并未稍减。

一九四九年我和爸妈迁到台湾，只带了随身衣物，打字机当然就留在老家了。此后，爸爸任教师大，课余为远东图书公司编初中英文教科书，贴补家用。因此，家中又添了一架打字机。爸爸做事勤奋，整天坐在打字机前。我很少有机会可以玩儿一下这向往已久的玩具。那时，我已上高中二年级，认识了几个英文字，更觉手痒。后来，在暑假里我下决心要学打字，便向爸爸请求，准我玩儿他的打字机。爸爸说可以，但是不能妨碍他的工作。在不妨碍他工作的条件下，唯一时间是他午睡的时刻。于是，我天天盼望着午饭后的那一小时，爸爸去午睡，我就坐上他的宝座（只是一把破藤椅），找一本英文书，就照着一个字母、一个字母地打将起来。初学时记不得字母位置，找半天才能"嗒"一声打出一个字母，又过半天，再"嗒"一声。虽然学得很慢很辛苦，可是乐在其中。一小时很快地就过去了。爸爸要回来工作了，我只能让位。如是者一连好几天，爸爸终于沉不住气了。爸爸说："小妹，你学打字是可以的，能不能请你打快一点？我刚要睡着，你就'嗒'一声，把我吵醒，我就等着你的下一声，等不及，刚睡着，你又'嗒'一声！"我不禁哈哈大笑，看着无可奈何的可怜爸爸，充满爱怜的向我抗议。不知爸爸牺牲了多少个午觉，那个暑假我总算玩儿够了打字机，一偿夙愿。现在回忆近四十年前的往事，那打字机，那破藤椅，爸爸在隔室地上（榻榻米）辗转反侧、不能成寐的情景不禁辛酸泪下。自我长大后，我不记得爸爸曾对我责骂过。为了成全我，事无巨细，他总是忍耐。

自从我学会打字以后，爸爸就渐渐依赖我为他清洗打字机，和换色带。日久天长，依赖成性，爸爸索性认为保养打字机是我的专职。我也很得意，被爸如此重用。后来，我到美国读书，一去几年。爸爸的打字机没人管了，他只得自己动手换色带。每次家信中都抱怨，他有多么的笨手笨脚，弄得两手全黑，一塌糊涂。我知道他在想我。

爸爸在编字典的那些年里，经常夜以继日地在打字机前工作。我家的女佣人不懂英文，也不明白稿子是什么。她只知道梁先生在那架机器上打，还不停地写。然后，有人到家里来把那些纸都取走。过几日，又有人送钱到门口。这位天真的女佣人日久生疑。终于忍不住，一日，开口问妈妈："太太，先生整天在家打字，写字，不出门。过不久就有人到门口送钱给他。我能不能问问，他到底是做什么的？"妈妈为她解释先生是鬻文为生的。女佣人恍然大悟，对那架打字机顿生好感，赞曰："噢！那打字机原来是印钞票的！"

就靠这架"印钞票机"，我家生活渐渐自贫乏进入小康，"印钞票"的工人头发渐渐地稀疏了。岁月在那"嗒嗒"声中逝去。

一九六三年，我携长子君达返台探亲。时君达刚满两岁，是妈爸亲眼见到、亲手抱到的第一个孙辈，自然宠爱非凡。爸爸为了不受家人干扰，工作时常把书房拉门紧闭。但是却关不住那"嗒嗒"之声。君达在美国生长，天不怕，地不怕，想干啥就干啥，拉开书房门，伸头进去，说："公公，打字机，打字机！"这是君达第一次说出三字词汇，引得公公大乐。一把将君达抱起，祖孙二人大玩儿打字机。我看得目瞪口呆。我等到十六岁才能玩儿爸爸的打字机。此子两岁就可以用小手指乱按一通！时代变了！以后的二十余年中，爸爸常提起君达说"打字机"时的日子，怀念他初做祖父时的甜蜜。

时代真的变了，手动打字机很快地被淘汰了。我买了一架电动打字机给爸爸，我以为他会喜欢，但是爸爸怕"电气"，凡属"高级科技"的玩意儿一概束手。后来，我建议买个英文文字处理机（Word Processor）来玩儿时，爸爸连呼"万万不可"！只得作罢。

爸爸故后，我伤心地整理爸爸留存在我家的衣物。在他的书柜里还存着那架破旧不堪的打字机。我打开盒子看着那磨损的键盘，剥落的油漆，只有我会给他换的色带……引起我一连串的回忆。在我心的深处又响起了那神秘的"嗒嗒"之声。

谈《雅舍谈吃》

《雅舍谈吃》出版于一九八五年，其中每篇文字都曾在报刊上发表过。爸爸每发表一篇文章必将剪报随信附寄给我，让我先睹为快。所以，等到文集出版时，我反而不去读它，就束之高阁了。

七个月前，爸爸溘逝。我晨昏思念，不得解脱，随手取阅爸爸近年出版的书籍，读爸爸的文章聊可代替他永不再写给我的家书。

今天一口气把《雅舍谈吃》读完，引起我许多感触。过去生活的点点滴滴，都成了辛酸的回忆。我想把这些琐事记下来，算作对妈妈的怀念。

《雅舍谈吃》的作者虽是梁实秋，内容的一半却来自程季淑。这一点，我是人证。爸爸自称是天桥的把式——"净说不练"。"练"的人是妈妈。否则文中哪来那么多的灵感以描写刀法与火候？我们的家庭生活乐趣很大一部分是"吃"。妈妈一生的心血劳力也多半花在"吃"上。所以，俚语"夜壶掉把儿——就剩了嘴儿啦！"是我们生活的写照，也是自嘲。我们饭后，坐在客厅，喝茶闲聊，话题多半是"吃"。先说当天的菜肴，有何得失，再谈改进之道，继而抱怨菜场货色不全，然后怀念故都的道地做法如何，最后浩叹一声，陷于绵绵的一缕乡思。这样的傍晚，妈妈爸爸两人一搭一档的谈着，琴瑟和鸣，十分融洽。

我生不逢时，幼年适值八年抗战。曾六年在平吃混合面，两年在渝吃平价米。胜利还乡，不及三载，又仓皇南下。及至迁台，温饱而已。赴美后，虽进"美食"，却非美食。一生在"吃"一方面，与爸爸的经历，迥然不同。但是"听吃"的经历却很丰富。居美三十年，爸妈的家书中不厌其详的报告宴客菜单、席间趣闻。并对我的烹调术时时加以指点。所以"读吃"的机会亦很多。若把家书中"写吃"的段落聚集起来，恐怕比《雅舍谈吃》还厚哩！

妈爸谈吃，引为乐事。以馋自豪。馋是不可抑制的大欲。爸爸认为馋表示身体健康，生命力强。无可厚非。妈爸常不惜工本，研究解馋之道。我想这是中国文化中很突出的一部分。

爸爸喜欢看孩子"撒欢儿"（意即纵情，为所欲为）。抗战胜利后，自渝返平，爸爸问我，想吃什么。我毫不迟疑地说"奶油栗子面儿"。于是，爸爸带我们去东安市场国强西餐馆楼上，每人要了一大盘。食毕，爸爸说："再来一盘，吃个够！"我险些不能终席。那是我最后一次享受这道美味。现在的北京，已不是从前的北平了。

一九六三年，我自美归宁，妈妈问我想吃什么。我说："如得鳝鱼一盘，则不虚此行。"妈妈为了我这一句话，费尽心思，百般求购，亲自下厨料理，作为欢迎"姑奶奶回娘家"的一道大菜。不巧，鳝鱼刚上桌，甫将就座，大快朵颐之时，门外来了独行大盗王志孝。等到抢匪遁去，警察侦讯完毕，惊魂略定，想起吃饭，鳝鱼已冷。妈妈没有为这惊天动地的持枪行劫受惊，反而为了没能及时享受鳝鱼懊恼不已。

爸爸特别爱吃烤肉特有的那种烟熏火燎的野味。美国食物中唯一使他垂涎三尺的是美国烤肉（barbecue）。也许是因为美国烤肉类似北京的烤羊肉吧！爸爸晚年每次来美，我们必要盛大准备一次后院的烤肉。爸爸自己吃不多，但是看到家中壮丁们狼吞虎咽，吃得杯盘狼藉，引为一乐。有一年，爸爸建议我用院中之松塔，加诸煤球上，以增松香。不知是松塔太潮，还是此松非彼松，没能产生他在青岛时"命儿辈到寓所后山，拾松塔盈筐，敷在炭上，松香浓郁"之效果。

爸爸对火腿品质要求甚高。一般台湾熏制之火腿，常被贬为有"死尸味"，视为下品。逢年过节，有人送礼，常有火腿一色，外表包装美观，但打开一看，或有蛆虫蠢动，或有恶臭扑鼻，无法消受。但弃之又觉不忍。爸爸突生妙计，将之原封挂于墙外电线杆上，谓之"挂高竿"。片刻工夫，即被人取去。如是者数次。妈妈非常反对。爸爸则认为愿者上钩，不伤阴功。此为三十几年前旧事。现在回想仍觉滑稽之至。

美国的"佛琴尼亚火腿"甚得爸爸青睐，因其味儿正。制作方法类似中国古法。相传是美印第安人所发明，后为白人因袭，相传至今。炮制方法，自养猪起。猪饲料以花生及橡实（Acorn）为主。屠宰后，将后臀以盐腌之，冷藏六周，将盐洗去，涂满胡椒，悬挂至干。十天后烟熏。然后挂存一年，俟满生绿霉，老化适度，即可上市。此法炮制之火腿，包装亦有古风，用白布口袋包裹，上扎麻绳。高高挂起，识货者趋之若鹜。近年发明"无骨佛琴尼亚熟火腿"，骨、皮、肥肉一概除去，只留精肉，压成一方，以电锯切片，按磅购买，十分方便。这是爸爸最欢迎的礼物之一。

妈妈擅长做面食，举凡切面、饺子、薄饼、发面饼、包子、葱油饼，以至"片儿汤"、"拨鱼儿"都是拿手。做面食最难的是面团的处理。妈妈和面、发面全是艺术。每次加水分量，水温高低，揉面时间，加碱多少，全无记录。一切靠触觉、视觉、嗅觉、直觉而定。无怪乎训练一个新佣人做饭需时经年。这种纯艺术之烹调，经常成功。若有失误，妈妈则怒气冲天，引咎自责。其实还是蛮好吃的，何必恼气！

爸爸在厨房，百无一用。但是吃饺子的时候，爸爸就会抛笔挥杖（擀面杖），下厨助阵。爸爸自认是擀皮儿专家。饺子皮要"中心稍厚，边缘稍薄"。这项原则，妈妈完全同意。但是厚薄程度，从未同意过。为此，每次均起勃豀。妈妈嫌爸爸的饺子皮中间过厚。我则从中调解，用掌将中心厚处压平。我赴美后，不知这小小问题是如何解决的。爸爸下厨是玩儿票，喜欢用擀面杖在面板上敲打"咚，的咚咚，一咚咚"有板有眼，情趣盎然。若偶一掌勺，响勺之声，震耳欲聋，全家大乐。

做面食比做饭食费时费事。如果不用成品，为六口之家做一顿饺子，费时三五小时，不足为奇。饭后满头、满脸、满身、满脚、满桌、满地的面粉，自不待话下。自我赴美后三十年，没做过饺子。改食简易馄饨，采用现成皮，机搅肉。自进厨房到馄饨下锅，一小时完工。馄饨汤也免了。改用白开水。小孩子怕烫，用自来水。桌上摆满作料，自由取用，自制高汤，皆大欢喜。这种毫无文化的吃法自为爸妈所不取。一九七二年接爸妈来美同住，衣、食、住、行、育、乐六项，唯"食"字自忖无法承欢。言明在先。爸妈心里早有准备。但一日三餐，积年累月，问题日趋严重。爸妈修养好，心疼我，从未表示过，我的少油多菜的营养餐难以下咽。但是，我心里有数。爸妈的饮食成为我心中一大负担。两年后，妈妈去世，我更为此事愧疚不已。美式生活，一人时间精力有限，厨娘乎？教授乎？园丁乎？保姆乎？司机乎？……天下事，古难全。

妈妈故后，饺子对爸爸又多了一层意义"今晚××请吃饺子。这又犯了我的忌讳。因为我曾问过妈，若回台湾小住，你最想吃什么，她说自己包饺子吃。如今我每次吃饺子，就心如刀割。"这是一九七六年一月，爸爸信中的一段。往者已矣。不堪吃饺子的，岂止爸爸一人？

妈妈在抗战胜利后，返平定居期间，曾在女青年会习烹调。家庭主妇学做菜，天经地义，谁也拦不住。这是妈妈婚后生活的一项重要独立活动。爸爸在《炸丸子》一文中提到的蓑衣丸子，就是在这段期间学会的。

妈爸都喜欢吃"油大"（川语）。最可怕的莫过于北平烧鸭。皮下的那一股"水"，事实上是一口油！我每次回台，妈爸必享以烧鸭。我不忍扫兴，但只能吃一二片纯皮和瘦肉，然后猛吃豆芽。妈妈做狮子头要"七分瘦，三分肥"，韭菜篓的馅儿要"拌上切碎了的生板油丁。蒸好之后，脂油半融半凝，呈晶莹的碎渣状……"我就是吃这种伙食长大的，读《雅舍谈吃》如重度童年。记得，我小时趁爸妈不注意时，就把那"晶莹的碎渣"偷偷地扔掉。

爸爸形容吃炝活虾、吞活蟹，吓煞人。我记得家姐文茜即精于此道。我最无能，不但不敢吃任何会动的东西，连听到螃蟹在笼屉中做临死的挣扎，我亦不忍。再美佳肴也无心享受了。罪过！罪过！这并不是说，我比别人更有仁心。只是习惯问题。别人屠宰好的鸡鸭鱼肉，我是照吃无误，并不伤感。

我在台大时读农化系，主修食品化学，赴美后转业营养学。对饮食自另有一套见解，与妈爸之"美食主义"格格不入。我所奉为圭臬的是营养保健。厨房操作,实行"新、速、实、简",与妈妈的"色、香、味、声"四大原则,常背道而驰。爸爸虽半生放恣口腹之欲,到壮年患糖尿、胆石之后,却从善如流。对运动、戒烟、酒,及营养学原理全盘接受。在实行上虽偶有困难,从整体上看来,其晚年之健康,实得益于中年以后生活方式之改善。

听故事

爸爸一生教书为业，全靠三寸不烂之舌，说古道今。在课堂上，时而道貌岸然，时而谈笑风生。据听过爸爸讲课的学生说："上梁教授的课是一种享受。"我从来没有机会坐在爸爸教室中旁听过，但是听爸爸在家中的"即席演讲"却是家常便饭。

爸爸心情好的时候，喜欢讲故事。听众无需多，只要聚精会神，依故事情节做适当的反应，爸爸就会愈讲愈卖力，甚至会比手画脚，载歌载舞，表演起来。讲毕，他会浑身大汗，气喘吁吁。妈妈这时一定会端上香片一杯给爸爸润场。

我记得爸爸有两位忠实听众。一位是陈之藩先生。陈先生怕鬼，所以爸爸最喜欢给陈先生讲鬼故事。爸爸常讲的是"赶尸"的故事。大意是"赶尸"的人夜间休息时，命一排排的尸体靠墙站立，第二天再接着赶尸。陈先生每次听说要讲鬼故事，就立刻用双手堵住耳朵，苦苦哀求不要讲。但是他从来没有逃走过，只是急得乱跺脚。等到故事讲完，陈先生告辞时，多半已夜深人静。巷内映着淡黄色的路灯，阴森森的使人毛骨悚然。这时我们互道晚安，爸爸必定要郑重忠告陈先生走巷子当中,别撞倒墙边立着的僵尸。然后宾主尽欢而散。

另一位忠实听众是爸爸清华同学徐宗涑伯伯之次子徐世棠先生。一九四九年夏,我家初迁台湾,世棠常骑自行车来我家央请爸爸讲故事。爸爸看他冒暑前来,从不忤其意。闲话家常之后,必定为他来个"专题演讲",讲题多半是《西游记》、《三国演义》或《水浒传》中之一段。我每次必列席旁听,妈妈则负责茶点。

爸爸讲故事不注意细节。故事大致不差即可,常常为适应听众兴趣及智龄,添油加醋,使故事更加生动。有时也会作茧自缚,不得圆场。有一次,爸爸给孙辈讲司马光打破缸的故事。这故事本太简单,不够满足孩子们的胃口。所以爸爸临时在水缸中加了几条金鱼,随后也就忘了交代。没想到故事讲完后,孩子问:"那几条金鱼是不是干死了?"

记得抗战前,我小时候,住在北平。爸爸常在临睡前给我们三个孩子讲故事。我们最喜欢挤在爸爸的床上,甚至钻到他的被窝里听故事。我最小,最爱哭。每讲到悲哀处,我会情不自禁,一掬同情之泪。妈妈在旁必会骂道:"叫你哄孩子,怎么又惹小妹哭啦!"于是爸爸立刻见风转舵。我那时听的故事几乎都记不得了。只有一个故事印象深刻,至今不忘。那个故事是一个孩子走丢了,找不到妈妈了。……(我开始哭)(经过妈妈骂过之后)……爸爸说后来有人在那孩子的额头上贴了一张邮票,就把他寄回家去了。(我又破涕为笑)

抗战胜利后,举家自渝返平。我们又恢复了晚上挤在妈妈卧房聊天听故事的老习惯。爸爸有一天讲了一个很长的故事。我困极了,就蜷曲在爸身旁打瞌睡。故事讲完后,爸爸说该睡觉了。我实在不想动,就假装睡熟了。爸说:"不要吵她,我抱她上床去睡。"哥姐大为反对,说我装睡。结果还是爸爸抱我上了床,给我盖了被子。我甜蜜地睡去。一直到今天,我还记得这一幕。我从来没有过严父,我只有慈父和慈母。

一九七〇年妈爸来美游历,又得与我们欢聚。每晚爸爸都要为孙辈讲一个故事,我负责录音,计划将来或可成集。如此断断续续录了十数段。后来孩子大了也就停止了。如今,双亲均已作古,整理相片,重听录音,音容宛在,往事如烟。逝者已矣,生者何堪?

爸爸有时讲故事是动真情,声泪俱下的。我小时听到过爸爸清华同学张心一的故事。张老伯为人清廉,正直不阿。张老伯的故事是我听过的所有的故事中最动人、最使我不能忘怀的一个。但是年代久了,故事的细节已淡忘,所以一九八六年,我赴台探望爸爸时特别请他再为我讲述一遍。我们父女二人当时在三六九楼上吃汤包。爸爸一边吃一边娓娓道来:

"张心一曾任甘肃省建设厅厅长。某日独自骑摩托车至乡间视察。遇土匪一伙。被擒,绑于树上。匪徒此时拟宰羊烧而食之,苦无利刃割肉。张说有好刀一把可供使用。匪取而试之,果锋利无比,因而开始交谈,询及职业,告以为建设厅长。匪问:'你难道就是张心一吗?'曰:'然。'匪仍疑,验明证件始信。匪大窘,张心一是有名清官,怎可冒犯。立刻松绑道歉,并享以烤羊肉,护送到县城城门下,告辞而别。"

说至此,汤已冷,茶亦凉,我听得入神,早已忘却吃饭。爸爸又接着说下去:

"张心一曾任银行稽查。某日,被银行界大亨邀约饮宴。张未到席,后询以何故,张曰:'我是稽查,怎可吃他们的饭。吃了饭,将来查账不好意思。再者，我已领了出差费，其中包括伙食费，怎可再接受招待？'结果张在路旁小食摊上充饥果腹。"

说到这里，爸爸说不下去了，他想念他的老友，只今生无缘再聚首矣。稍息片刻，爸爸又告诉我两桩张老伯的趣闻：

"某年，张心一住上海国际饭店，出门后不得归。因衣衫简陋，不似贵宾。后验明正身仍不得入。几经交涉，警卫勉为其难，命其自后门入。"

"张心一爱吃生葱大蒜，而夫人长于上海不吃葱蒜。婚后生活为此十分苦恼。一日，到我寓所，索大饼葱蒜数盘，狼吞虎咽，大快朵颐，食毕扬长而去，日后音讯杳然。……"

爸爸言及此，已老泪纵横。我也为张老伯的高风亮节感动得泫然泪下。邻座食客为之愕然。

一九八七年七月我赴中国大陆旅行，趁便至北京拜见久仰的张心一老伯。张老伯已年逾九十，走路毫无蹒跚之态，若六十许人。我与张老伯初次见面，直陈仰慕之情。孰料张老伯笑谓："我有什么好看？我是个怪物。"

我对爸爸讲的故事中的细节，常有怀疑。但我认为无伤大雅。讲故事不是写历史，是趣味、是教育，目的达到则无憾矣！

德惠街一号

一九四九年六月底,爸妈和我搭华联轮自广州直达基隆港。下船时,我们三人拖拉着行李,准备踏上这陌生的岛屿,开始一段前途茫茫的生活。我们望着岸上接客的人群,焦急地盼望着能找到一张熟悉的脸。突然,我发现了一条长旗,上书"欢迎梁实秋来台"。我大喜过望,如见救星。连呼:"爸妈,快看!有人来接我们了!"原来是爸爸的老同学徐宗涑伯伯派来的人,把我们连人带行李装在一辆敞篷大卡车上,车上备有沙发椅三把,我们一家三口就这样地坐在沙发椅上,浩浩荡荡地开到台北。很遗憾,没有照相留念。

我们承徐宗涑伯伯和伯母史永贞医师的热情款待,在徐家"轰炸"了三天三夜。后经徐伯伯介绍,得识林挺生先生。林先生得知我们的困境,慨允拨给我们一栋日式房屋免费居住。这栋房屋坐落在台北市德惠街一号。我们在这栋房子里住了三年。许多生活的片段,在妈爸都谢世之后,变得更为珍贵。现略记一二,可见那段初到台湾时家居生活之一斑。

德惠街一号是纯日式房屋，共有大小五间及厕、浴、厨各一间。另有"石屎屋"一间。"石屎"据本地人说是日人留下来的名词，意思是"水泥"。"石屎屋"内有日式大炕，占半间屋，位于厨房隔壁。所以，由女佣人居住。五间正房中两间是木质地板，另三间是"榻榻米"。我们住"榻榻米"房屋，这是生平第一遭。在"榻榻米"上走路，有时真有要塌下来之感，名副其实。最大最好的一间是进门右手的客厅，有地板，光线充足。这间就是爸爸的书房、妈妈的起坐间和全家的会客室。左后方有一间约三个半"榻榻米"的小房间，有地板，是我的卧房兼书房。另三间，为饭厅，妈爸卧室，和空房（夜间则成为大号老鼠出没之处）。

一九四九年，梁实秋、程季淑与梁文蔷在台北德惠街一号门前，由林挺生所摄，事隔十八年于一九六七年才洗出赠送

我们的院子很小很浅。围墙也很矮。院中有香蕉树一棵，和另一棵不知名的树，树叶一年不断地变黄飘落，所以天天要扫，因而引起一段不了情，这是后话。香蕉树对我们北方人是非常稀奇的植物。记得在北平时，偶然购得香蕉一串，视为珍品。因而得知台湾为香蕉产地。如今自家院中竟有香蕉树一棵，不禁雀跃。爸妈对这棵香蕉树也另眼看待。爸爸每天晚上偷偷地去给香蕉树上"自来肥"。妈妈不以为然，说会烧死。爸爸说"肥水不落外人田"，似甚得意。我们欣赏蕉叶之翠绿茂盛，下雨时倾听"雨打芭蕉"，充满了诗情画意。观察香蕉之开花结果更令人兴奋。爸妈说吃了一辈子香蕉，等到来了台湾才知道香蕉是朝上翘着长的。收割时，我们三人总动员，费了九牛二虎之力才把整串的绿色香蕉抬入室内，等它成熟。想吃香蕉时就走到墙角拉下一只来吃，趣味盎然。

谈起香蕉就想起"香蕉小姐"。我家斜对面有一个小小的水果摊，只卖香蕉。有一天，爸爸发现卖香蕉的有一个女儿，豆蔻年华，面貌姣好，回家后很兴奋地报告妈妈说，没见过这样美丽的女孩。妈妈初不以为意，后经爸爸怂恿，趁那位小姐代父看守摊位时，走过去买香蕉，以窥究竟。片刻，回家后，妈妈也盛赞她的容貌，颇有爱怜之意。爸爸认为美，不足论。妈妈也赞不绝口，我倒要看个清楚，到底有多美，一天，趁她当班，我也去买香蕉，定神一看，果然名不虚传。一张素净脸，双眸漆黑深邃，魅力无边。一张小口，天然红润。嫣然一笑，一排皓齿，齐整无瑕。鼻子本不是个讨人喜的东西，但在她的脸上，却是那么恰当，不大不小，不高不矮。脸上的神情略带一抹儿愁，却盖不住一股活泼的青春气息。她穿的是褪色的粗布洋裙，赤足，着木屐。看情形，生活清寒。我被她的美丽所震撼，想多停留片刻，又感讷涩。急急回到家中，向爸妈汇报。从此，我家三口公认她为最美的女人，称她为"香蕉小姐"。我们每天出入，有时可以看到她。渐渐的她变了，烫了头发，涂了口红，更加娇媚。爸爸常向访客宣传"香蕉小姐"之绝色。有一位访客经数度购买香蕉之后，念念不忘，曾央请爸爸为之介绍。爸爸说："使不得，使不得！"不久之后，即不知芳踪去向。一日，突然发现她在我家门前走过，已判若两人，打扮得花枝招展，但气质庸俗，非昔日之天然美艳可比。后经打听，知已堕入酒家矣！从此，"香蕉小姐"即成历史陈迹。

我们迁入德惠街一号时，只有随身带的几只皮箱，除换洗衣服，几本破书外，家无长物。在几乎赤手空拳的经济拮据状况下，爸爸独自奋斗，努力赚钱，尽可能地改善我们的生活。爸爸除曾短期任代理编译馆长外，一直在师大、台大教书，并在林挺生先生办的大同工职兼课。余下时间则写稿和编写初中英语教科书，贴补家用。在这么困难的三年中，在爸爸的书房兼客厅的那间屋里，发生过三件事情，对我有深远的影响，值得一记。

某日，一位使者送来现款一大包（我不知道数目），请爸爸收下。爸爸无论如何不收，使者只得带回。过一日，又来，恳请收下。爸又严词拒绝。以后，就没再送来了。另外一次是一位先生来访，在客厅中谈话声音愈来愈高，最后竟至拍桌对骂，我大骇。不久客人忿忿然而去。我急入室，见爸爸面色铁青，骂道："此人无耻！我不能拿这笔赃钱！"

爸爸在金钱上可算做到了一丝不苟。给我们做子女的立下了好榜样。在这以前，爸爸的口头禅是"不义之财，分文不取"。经过这两次的身教，这八字箴言对我产生了更深刻的印象。在妈妈去世后，一次，我与爸爸闲谈，论及"廉"字。爸爸说："一个男人能不能抵抗得住金钱的诱惑，很大一部分要看他妻子的德行。你妈妈比我强，她支持我，鼓励我，使我向上。我感激她。"

第三件事是相当神秘的。突然，有一天，三五位便衣敲门要求入屋搜查，诡称亲眼看到盗贼遁入我宅。爸爸坦然地笑着说："我们没有窝藏盗贼，如若不信，请进来搜查便是。"这几个大汉老实不客气，真的登堂入室，假作搜查状，最后竟去翻阅爸爸的文稿和书籍，可见不是抓贼，而是借故调查爸的思想。耽搁良久，赧然而退。我那时尚无"隐私权"、"人权"等观念，只觉得很委屈，被人侵犯了。爸爸事后颇为震怒，要求当局彻底调查此事。但是爸爸以一介书生对付一群权势官僚，当然是不了了之了。

我们在德惠街一号居住年限虽不长，却是我们梁家在台湾落地生根、重建家园之处。我有一份特殊的情感。每次回台探父都借故走到德惠街去看一眼那栋房屋。近四十年来虽略有变动，如围墙加高，门口加装停车收费机，原房格局并无大改。前文所提之落叶树仍安然无恙。看到这棵树，使我想起扫落叶的丫小姐，她是我家的女佣人。她别的事不爱做，扫落叶却非常勤，有时地上只有三五片叶，她也来扫一扫。日久，我们观察出她有一个规律，就是接送爸爸上下班的三轮车停在门口时，她就出来扫树叶了。我们看在眼里，不便说什么。后来竟扫出了麻烦。最后，还是善心的妈妈帮助了她。她自觉无颜，即辞职他去。

一九八七年十一月十八日，爸爸葬于北海公墓。葬礼结束后，我随大同专车回到台北中山北路大同工学院门前。下车后，我与友人世棠和季季漫步至旧居门前，我对着那栋夹在高楼中的矮小平房发愣。这是爸爸在台湾生命的起点，四十年后他走到了终点，独自长眠于淡水北新庄圆山顶。这时，好心的世棠已与旧居住户说明来意，特准我们入内参观。我们走进屋中，虽然陈设全异，仍有不少痕迹使我很快地退回四十年，追忆起那段艰苦又甜美的生活。如今物在人亡，触景生情，不敢滞留，匆匆辞谢主人，黯然而退。

  旧居啊旧居！四十年前我与父母三人来台，你为我们遮蔽风雨。倏忽父母双亡，只剩下了我。我还记得你当年的风貌，你可认得出我？

牙的困扰

我第一次见牙医是和一位同学偷偷去的。那时我在北平上小学，年纪大约十岁。我的妈妈不喜欢找牙医，也反对我们孩子们无缘无故地去洗牙。据妈妈说，洗牙会把牙齿上之珐琅质磨掉。可是学校的护士又强调定期洗牙的重要，与妈妈的学说相抵触，我真不知何去何从。当然最后还是听妈妈的了。我的牙齿长得不齐，听同学说可以找牙医想办法，我不敢向妈妈请求带我去见牙医，所以拖了一个同学，给我壮胆，下学后，跑去一家牙医事务所。按铃，一位佣人把我们领入医疗室，一屋子药水味，觉得非常清洁，不禁肃然。不久，牙医出来了。问我有何事。

"我的牙不整齐，请您给我想想办法。"我懦懦地说。

"是谁介绍你来的？"

"……"我不知所措，只好坦白地说："没人介绍，我是看到您门外挂的牌子……"

牙医很不高兴，但是又不好赶我出去，勉强地说："好，让我看看。"我坐上了一把类似理发馆用的椅子，张开了嘴。牙医瞄了一眼,对我说:"回去吧,下次带你妈妈来。"我羞惭地退出。这事一直到妈妈去世我都没勇气对她说。后来,长大了一点,才悟出道理,原来牙医是要钱的。

以现代口腔保健之知识来看,妈妈一生不肯洗牙,不找牙医而能保全自己牙齿达七十三年之久,可算奇迹。我自在美定居后,即全盘接受美国牙医对病人的口腔卫生教育,亦常常在家信中向妈妈"传教",寄回牙线及小牙刷(Proxy bursh),希望能使妈妈常出血的齿龈少受些苦。妈妈的忍耐力十分惊人,记得她去世前两年,在我家住时,因出血太多,每夜要起床一次漱口,但无论如何劝说,也不肯找洋牙医看病。妈妈有句老话"我已经这么大岁数了,就让我带着走吧!"结果真应了妈妈这句话。

爸爸对牙齿的知识与维护与妈妈不相上下。但是爸爸忍耐折磨的本领不及妈妈。所以,有一次,我们动员爸爸去见牙医,爸爸终于同意。经由我向牙医解释爸爸的困扰后,牙医略一察看,站直了身子,笑了。

"怎么样?大夫,不太严重吧!"我焦急地期待着。

"哦……哦,这个,不简单,问题太多了。"大夫大概没见过这样的病历,有些不知所措。

爸爸趁机解释道:"我已七十开外了,不想彻底治疗,只想凑合着不痛就好。我的牙可能会比我命长!"

医生又笑了,对我说:"我想你爸爸说得对,如果考虑到他的年龄……"

于是爸爸拿了些止痛消炎的药,很坦然地回家了。

事实证明爸爸和医生都错了。爸爸比他的牙寿长。因此,他在生命的最后十年中很吃了些苦头。有关爸爸牙的困扰都记录在家信中。我现节录几段在下面,由他轻松的笔调,幽默的词句,来诉说他的痛苦,比我写来真实得多。

"前天下了决心去拔牙。牙根特深，拔不出来，医生一头大汗，我大汗一头，连挖带刨，总算薅出来了。"

一九六七年三月五日

"昨天在梅子餐厅吃台湾菜……咔嚓一声，上门牙的右邻一枚犬牙（原有虫蛀）断下了五分之四！我没作声，（因为有客在座）用毛巾揩揩放进衣袋。回家照镜子，活似一个"狗窦"！（典出《世说新语》①）我恐怕真是老了，牙可以随便断落，不过想想看，枫树到了秋天，不是也要落叶吗？很自然的现象，不足异，更勿须悲也。"

一九七六年七月十九日

"我的牙齿迅速恶化，大门牙一枚不定哪一天又要落下来。恐怕门面都不能顾了。能吃时赶快吃。"

一九七六年七月廿六日

"前函告门牙危在旦夕。昨晚食冰棒 ice cream，咔嚓一声，门牙折断，当时以为是冰块，顺口一吐……现在的情况是：日内即去牙医镶补，劳民伤财。于此可见老态荐臻！离美不过一月，即有如此之变化，可怕可怕。……"

一九七六年八月一日

"我的牙已补好，临时又磨掉一颗牙，共补上六颗。一点不痛。只是新牙太白，医生说像我旧牙那样黄的，没处找。现尚不能咀嚼如常，因下牙有一处肿痛……张嘴嫣然一笑，居然齿如编贝，而且脸没有走形。……"

一九七六年八月八日

---

① 《世说新语·排调篇》："张吴兴年八岁亏齿，先达知其不常，故戏之曰：'君口中何为开狗窦？'张应声曰：'正使君辈从此中出入。'"窦，洞也。狗窦，狗出入之洞也。"

台湾牙医说无法做黄色假牙与真牙相配，使我不解。记得我夫邱士燿在美配假门牙之经验，与爸爸的恰恰相反。牙医自行当场调色，以求与真齿并列，足以乱真。经尝试多次，最后请士燿表示赞同。士燿已十分不耐，漫不经心地看了一眼，说："你看着行了就行了，问我作甚？"医生大为光火，骂道："是你的牙，你怎可不关心？"不久，牙医自杀身亡。士燿竟因此"良心发现"，从此严格遵守医生之遗训，每日用牙线一次，痛矣哉！真要一条人命才能使人接受新观念乎？

"我的假牙已习惯，谢天谢地，颜色差些可以马虎，其实也非黑白相间，只是像没长好的玉蜀黍，一排白的里面杂一个黑的，德行大啦！"（北平土语，貌不扬之谓。）

一九七六年八月十六日

"我昨天鼓起勇气拔牙，……吃饱午饭睡了一觉就步行到牙医处。拔牙是小事，但也很不是味道。牙医说：'你拖了这样久才来，牙已摇摇欲坠，涂一点麻药，不必打针了。'说时迟，那时快，用手一搬，我闷叫一声哎哟，牙拔出来了，没流血。今天去镶补。下面还剩五颗真牙，四个已坏，日内还要去一个个的修理。好苦！"

一九八〇年九月十日

"我的牙所余不多，下面的已作祟很久，我拖延不理，没想到最痛的那一只（颗），昨天饭后突然不知不觉的脱落了。这一次没有吞下去。这就是所谓的'老掉了牙'吧？也好，免受硬拔之苦，不过还是要镶补的。"

一九八〇年十月卅一日

"我牙疼难忍，找牙医，他还是舍不得拔，他说下面拔光了，固然可补，但不会很理想，能忍耐还是忍耐，给我刮洗了一阵子（好疼），今痛渐止。苦也，苦也。我如今吃烂东西，吃肉末、菜泥。很像是一个标准的老者！可笑。"

一九八〇年十一月廿四日

"最近一星期大为牙痛所恼，一再去求医，苦痛不堪，半个脸都肿了。……忍耐而已。"

一九八〇年十二月十四日

"我的牙时好时坏，有一天吃油条泡小米粥，嘴张大了，假齿啪达一声掉到碗里，吓我一大跳……"

一九八一年一月十七日

"我的牙愈来愈不争气，本来能咬不能嚼，今则咬亦不可，痛苦万状，今日午后阴雨，不太热，走到牙医处，查看之下，不由分说，嘣，嘣，嘣，三声，三牙落君前矣！第一个不疼，若无其事，第二三个则"饿拉噶仔"的疼，（北平土语，剧痛之意。）我忍不住的哇哇两声，满头大汗！医云休息一夜，明天装临时牙，可不妨吃饭……"

一九八一年六月三十日

"我拔牙后，暂戴临时假牙，日前不慎，张口打喷嚏，咔嚓一声，假牙滚到桌底下去了！你说可笑不？"

一九八一年七月十一日

"我现在牙齿装好了，吃东西没大问题，说起话来却觉得不大如意，好像嘴里含着一个热茄子。×家二老说假牙满意，我想需打折扣，一般人心理都不愿承认自己的缺陷（装假牙即是一种残废，和装义肢一样），总是硬挺着说大话，装做十分满意的样子，其实心里的感觉是另一回事。我异于是，愿实话实说。"

一九八一年十月二十日

从以上爸爸多年来对牙疾的自述，可知爸爸采用之战略是"拖"，多一事不如少一事，不到万不得已，绝不找医生。爸爸在其他方面做人做事是绝不"拖"的，不知为何对自己的切身问题反而采鸵鸟政策。以阿Q精神面对苦恼与难堪。爸爸老年的牙疾是由于前半生对牙齿及口腔卫生的忽视，我从妈爸的经验看到我的老境，如果我不想我的假牙滚到桌下去，我应及早采取行动。

爸爸在信中总是把他的痛苦轻描淡写，不失诙谐，我读后难免哈哈大笑，但是藏在心底里的却是无限的悲哀。我在爸爸晚年既不能代他受苦，又不能晨昏在侧，给他慰藉，深感罪孽深重。

手表的故事

爸爸一九六二年过生日时,三十位朋友联合送他一对 Omega 手表,一男用一女用。我次年回台探亲四个月,爸爸很高兴地出示腕上的名贵手表。我建议爸爸把表的出厂连续号码记下,以防遗失认领用,爸爸认为多此一举。我坚持,于是代爸爸记入他的记事小册。

日子过得飞快,眼看要到我回美的时候了。妈妈说一定要做一次鳝鱼给我吃。一天,妈妈费了九牛二虎之力终于把鳝鱼端上了桌。这时,突然有人按铃,佣人开门,见一男子着军装戴墨镜,自称是爸爸学生,自外走入。爸爸离开饭桌向客厅门口走去。说时迟,那时快。那人亮出了手枪,对准爸爸的胸膛,并把枪膛中的子弹倒出给爸爸看,表示是真刀真枪,不是开玩笑的。爸爸这时离这位独行大盗只有一二尺,伸手拍拍来人的肩头,说:"朋友,有话好说,请坐下慢慢谈。"这人真的坐下了,仍以手枪直指爸爸心房。我两岁的儿子君达很好客,跑过去,爬上沙发椅,站在强盗背后用双手搂抱强盗的脖子。这时,妈妈和我已知发生大事,紧急应变,佣人吓得藏入厨房。妈妈若无其事地走入客厅,对强盗说:"这孩子太捣乱,我抱他上厨房,你们慢慢谈。"说着带走了孩子。我看着电话不敢打,因强盗会听见。于是冒险自边门溜出,跑到大街上猛敲邻居大门,告以原委,要借电话报警。邻居佣人领我入内,我乱翻电话簿子找警局号码。佣人告诉我重要号码都写在簿首。我找到号码后,立刻拨号,等了许久才有人接电话,我上气不接下气地立刻报告盗匪持枪抢劫和我家地址,孰料对方也气急败坏地说:"你打错了,我们不是警察局,我们是××印刷厂!"我急得窘得差点晕过去,马上求对方告诉我正确号码,对方非常帮忙,立刻代我找出号码,原来只有一号之误,邻居的本子上号码写错了。如此一折腾,耗去好几分钟。我打完电话后,不放心家里,又匆匆跑回家,只见家门大开。我径自跑入屋内。爸妈找不到我,面无人色。妈见了我立刻说:"你跑回来做甚么?快去把大门锁好。"真是贼去关门。原来在我去报警时,强盗向爸爸要去了Omega手表、妈妈的假首饰和买菜钱。爸妈定下心来之后,还不断地埋怨我不该回来,如果与逃逸之强盗碰个正着,可能会出事。我想想也对,可是当时不会想到这些。刚刚惊魂略定,打算吃饭,警察赶到,盗匪早已逃匿无踪。我们在向警察报告损失时,我突然想起爸爸手表的号码已记在小册上,立刻把号码给了警察。等送警察出门后,大家围着饭桌坐下来,享受妈妈辛苦为我特烹的鳝鱼。妈妈懊丧地说:"都凉了。什么时候不能来,偏要吃饭时候来!"

  强盗临走时曾警告爸爸不可报警,否则会回来灭门。爸爸答应他不报警,叫他放心。但是我已报了警,大家心神十分不宁,当晚我们连电灯都不敢开,把窗帘都拉起来,请求警察保护。结果警察在我家客厅守了一夜。

  第二天,警察就在当铺里找到爸爸的手表,立刻人赃俱获。后来警察请爸爸去警局走一趟，完成结案手续。爸爸在警局时，正巧遇到那强盗走过，强盗停下来对爸爸说："梁先生，我对不起您！"爸说心里很难过，没有回答他。后来我们知道在戒严法下持械行劫，无论赃物多少，一律死刑，更何况强盗是现役军人。我为他洒下了同情之泪，无论如何，他也是一个人，一念之差，竟无自新的机会。

天下事，很难说。事后想想这段经历，我若没记下手表号码可能破案不会这样顺利。邻居电话号码若没错，我可能回家早些，会与强盗碰头，说不定挨一枪。妈妈若没把小孩抱走，匪徒可能动小孩的脑筋。总之，这次大难，终于化险为夷。从此叮嘱佣人，不认识的人来，不可开门。因而常常得罪人。有一次，一位太太来访，妈爸不在家，佣人死也不开门，那位太太要把礼物留下而无法办到，说："我是女人，不会抢你们的！"结果还是没开门，礼物是由墙头上扔进来的。

我以后每次看到那只表，就想起这段故事——一条人命的故事。

爸爸和猫

爸爸不是个天性爱猫的人。记得我在北平时，厨房里常有野猫光顾，把晚餐的鱼偷去吃掉，惹得佣人大呼小叫。爸爸主张"见头打头，见尾打尾"，以除猫祸。一日严寒，野猫走入厨房，企图取暖，见我们并未驱逐，竟得寸进尺，一直走到炉下蜷曲而卧，享受片刻安逸。爸爸轻轻地将一只脚伸至猫腹下，猛然一踢，将猫掼出一丈多远，摔落墙根，狼狈而逃。我见情心痛不已，但不敢批评爸爸之残忍，独自回房，卧在床上哭泣，半晌才出来吃晚饭。那时爸爸四十三岁，我只有十三岁。

爸爸到了台湾之后，大概是年纪渐长，也许是生活日趋安定，脾气愈来愈温和了。我家前后养了几只猫。深受妈爸宠爱。记得爸爸冬天睡午觉时，小猫会钻到爸爸臂弯里去取暖打呼噜。爸爸醒了也不敢动，怕惊扰小猫清梦。小猫长大，很快就怀胎待产，我们一家都跟着兴奋。一般母猫都会自动寻找吉地造窝生产。我们的猫并不喜欢我们为她准备的纸盒，每次都选中爸爸书桌下之字纸篓。母猫生产前后，据说，不可窥视，否则母猫会把小猫吃掉。不知有无根据，爸爸乐得放假一天，不写作，如产房外面焦急的父亲一般，坐立不安，静待小猫咪们一个个地降临。在小猫长大的过程中，爸爸也充分地享受小猫的顽皮活泼。我们从没带猫看过病，也没给猫洗过澡，当然更没想到把公猫阉割，变成又肥又懒的阉猫。

一九七八年三月底，爸爸又和猫结了缘。这是一只白色微有黄斑的野猫，一被收养，即获爸爸百般宠爱。他于四月四日深夜不寐时给我写信提到这只猫，说乖得出奇，从不上桌，斯文之极。爸爸给它起了个名字，叫"夜猫子"，因为夜里不睡觉。"夜猫子"胃口特好，不久即长得又肥又大，开始叫春。爸爸在无可奈何的心情下，同意给"夜猫子"施行阉割手术。猫本畜生，是主人的宠物，谈不到"猫权"，和前清皇帝有权把好好的男孩子抓来阉割变成宦官一样，完全是为了满足一己之欲。但是爸爸对"夜猫子"动了仁心，把猫当人来爱时，就感到十分歉然了。

是年夏，爸来美小住两个月。临行时，为了投爸爸所好，我为"夜猫子"买了美国罐装猫食、化妆用品，包括洗澡粉、猫项圈、猫刷之类。爸爸回台后，立刻来信报告与"夜猫子"团圆的经过：

"我们的猫，不能不提，因为算是家中成员之一了。两个月不见，长得好大好胖，看见我张开嘴，咪噢的一声，像是认识我，我拿起一抱，哇！重得很，整整的五公斤。我们买的美国猫食他不吃（爸爸在信中从来不用'它'字。），好像不对胃口，算是我白费了一番心。他不欣赏洋荤，天生的土包子！""夜猫子"一点都不"土"，它每日享尽猫福，吃的是除去刺的鲜鱼丸子，有时辅以牛肉和熏鸡腿，有这种伙食，谁要吃罐头？"夜猫子"的鱼不是猫鱼，是人吃的鱼。鱼资自每日二十元涨到每日六十以至八十元。使人咋舌！

猫，除非饿极了，都喜欢少食多餐。"夜猫子"也不例外。每天早上的一顿鱼由爸爸喂。先煮好鱼，除刺，放在盘中。这是一串冗长的过程。有时爸爸忘记了鱼在火上煮，专心写作，就会烧干了锅。吃剩的鱼就放在客厅的正中间为放摆饰的一个小平台上，可由"夜猫子"随时取食。有时，我有点迷惑，不知谁是主人，谁是宠物。

猫有利爪，要不时磨爪，是为运动抑或动物攫食本能，就不可得而知。在美国一般养猫家庭中，都备有一根木柱，上裹地毯，专为猫磨爪用。爸爸家无此设备。"夜猫子"有自由决定磨爪之处，于是沙发椅套遭了殃，当我提出改善办法时，爸爸笑眯眯地说："不要紧，随他去！"

同年十一月，爸爸来信，宣布给"夜猫子"取了封号"白猫王子"。本来"夜猫子"不仅不雅，且具贬义。爸爸是早起早睡的人，对不能早起早睡的人或猫都认为是懒。我在这一点上不能和爸爸同意，因为我自己早起就是被迫的，但是我绝不是懒人。我认为一个人是否懒取决于起床之后做些什么事。许多作家、诗人、思想家、数学家都是"夜猫子"，他们的思想在夜间更为敏锐。人体内的生物钟本不是二十四小时，多数人是二十五小时。这项科学发现或可解释许多人早晨起床需要闹钟。爸爸不曾因我的辩白而对不喜早起的人改变态度，但对"夜猫子"的疼爱却使他不忍过于苛责，因此，封为"王子"。爸爸说封为"王子"是因为娇养过甚，略有自嘲之意。其实"王子"二字尚不能尽达这只宠物在家中的地位。无论哪国王子也不能在饭桌上盘盏之间自由漫步！

"王子"在爸爸家中所受之恩宠不仅只是食宿之奢华，主要是"王子"在爸爸的心灵中所占之地位。爸爸的信中经常报道"王子"的一切，若略有起居违和，字里行间洋溢着由衷的爱怜。一次，为"王子"备膳，摘刺不净，一根刺卡在喉咙里，两天不进饮食。打电话给兽医,说灌蛋白可以急救,否则要开刀。吓得爸爸魂飞魄散。幸蛋白奏效,后渐愈。爸爸叹谓:"……怪不得你外婆在时曾说'带根的多栽,带嘴的少养',带嘴的实在麻烦。"

爸爸自己不肯检查身体,讳疾忌医,嫌麻烦,怕吃苦。但是带"王子"看病,或延医出诊却从不怠慢。有时过烦,也曾表示过后悔之意,但是生了感情,再烦也不能丢弃。"王子"所引起之烦恼恐非一般养猫人可以想象,下面两段信可见"王子"健康问题之梗概:

"我们的小猫(小?)宠坏了,吃鱼过多而缺运动,腿细而肚大,所以从高处跃下容易跌伤,伤腿、伤头、伤眼、伤牙。病一回要延医多次,打针喂药。我主张给他节食,但猫非由我独喂,所以不易减肥,时常吃得吣了出来(吣,音 qìn)。生客初来常惊呼:'好大的猫!'他自己不肯上楼,等人来抱,因为太重,十几公斤。"

"我们的大肥猫病好了。兽医不止一次警告不可喂过量,但听者藐藐,我也没有办法。……我发现节食比戒烟戒酒还难,非大英雄大丈夫不办。"

有一次,爸爸家中请了一位按摩师,顺便请她为"王子"按摩一番。按摩师大惊,说是一条狗!"哪有这样大的猫!"经解释此乃"白猫王子",始半信半疑地说:"啊!啊!这就是了。"

"王子"给爸爸的生活虽添了许多苦恼,却也增加了等量的慰藉。爸爸没事闲坐时,和"王子"玩乒乓球游戏,爸爸抛过去,"王子"衔回来,略通人意。爸爸写稿时,它就跳上书桌,趴在稿纸上,爸爸拍拍它,它睡着了。爸爸只好停工,由它在稿纸上睡。唐明皇宠杨贵妃,亦不过如是。无怪乎爸爸曾说若有人出价买"白猫王子",两百万也不卖。情感岂是阿堵物所能替换?

"王子"在爸爸的情感生活中比重愈来愈大。我开始担忧。猫最长可活十五六岁。如果猫先去，爸爸是否受得住这一击？爸爸于一九八二年夏回台后的第一封信中说："白猫还认识我，对我很亲热。有一个人说过：'我见过的人愈多，我越爱我的狗。'吾于猫亦云然。"第三十六封信中说："……白猫王子非常可爱，对我特别好，也许是因为我喂他之故，有时候很令人感动。将来总有一天要和猫永别，我不知怎么办好。"第四十五封信中说："……我想说话的时候，除了自言自语之外，就是对着我的白猫王子说话。猫不回答我，我也满意了。我拍拍他，摸摸他，彼此都得到满足。我现在不敢想，如果有一天，我不在了，猫怎么办，如果有一天，猫不在了，我怎么办？不敢想，不敢想。"爸爸和"王子"就这样相依为命地又度过了五年。

在这五年中，我每年平均回台一次探望爸爸。很想也和"王子"做朋友。但总是高攀不上。"王子"很聪明，它大概觉出我是它的"情敌"，对我颇不友善。我摸它，它就走开。我抱它，它就挣扎。有一次，我因越洋飞行日夜颠倒，在爸爸的沙发上小寐，爸爸顺手把"白猫王子"的鹅绒婴儿被盖在我脚上取暖。我迷迷糊糊睡去。忽觉有人推我，惊起。原来是"王子"大怒，正欲抢回它的私用鹅绒被。我赧然道歉，双手奉还，庶免一场血战。自此，我对"王子"又多了一分敬畏。

"王子"自从与爸爸成了莫逆，颇出了一点儿小名。每年它的生日都有祝寿专文在报端发表，爸爸借以抒情。一九八○年九歌出版社出版爸爸的散文集《白猫王子及其他》，以"王子"玉照为封面。"王子"还有名画家为它写生的肖像。猫若懂得人世间的荣华富贵，"王子"则条件具备，可以藐视侪辈了。

我最后见到"王子"殿下是在爸爸去世后，一九八八年三月。在幽暗的客厅里，我弯下身来，轻轻地摸它的头，它没躲我。它的骄气荡然无存，它抬头望了我一眼，眼神是温存的，无奈的，凄凉的。我索性坐在地上陪它。我和"王子"之间无需言语，我们都是失去爸爸的孤儿，一瞬间，我和"王子"感到无比的接近。

我感激"白猫王子"，它做到了我没做到的。

《群芳小记》注

有人说"作家灵魂无秘密"。这要看是哪位作家,谁是读者。有的作家直言不讳,坦诚相见,句句真实,有案可查;有的作家则较含蓄,表面文字所显露的远不及字里行间所隐匿的真情为多。若想窥视作家笔下的欲语还休的秘密,绝非易事。第一,读者要富想象力和感受力,第二,读者要对作者生平及其情感生活有深刻的认识;否则,还不如瞎子摸象,不知牵强附会到哪儿去了。

爸爸写的《群芳小记》就是一篇十分含蓄的文字,原刊于《联合副刊》(一九七九年十二月五日),后收入《雅舍杂文》,所记乃爸爸心爱的花卉。世上奇花异草岂止千种,为何独选这十种而不是那十种?仔细读文,即可洞其究竟。爸爸所选的这十种花都是能带给他无穷的回忆的。有的花使他忆起他的青年时代欢乐温馨的家庭生活,有的花把他带回到童年时代,有的花引他联想到日夜思念的妈妈……爸爸写花是借以怀念往事,回味一生苦辣酸甜,文中引用中外古人咏花名句亦无非为收陪衬烘托之效,至于花本身,充其量只不过是个引子而已。

一九七三年梁实秋与程季淑合影

　　文中第一篇是《海棠》。爸爸歌颂的风情万种、春色撩人的海棠不是鲁迅所艳羡的"吐两口血扶着丫环到阶前看秋海棠"的海棠，不是我们在加拿大拔卓特花园（Butchart Cardens）所见到的"令人花下忘归"的球茎海棠（《西雅图杂记》），而是在青岛（一九三〇至三四）爸爸第一次见到的，在北平寓中垂花门前种植的西府海棠。我是在青岛出生的，离去时只一岁，无法印证爸爸去青岛第一公园看海棠时之心情，但北平故居之四棵西府海棠在我脑中之印象至今仍闭目可得。因"着意培植"那四棵西府海棠，妈妈爸爸在大家庭中惹些闲言闲语，也至今未忘。想爸爸为文时，旧日生活的点点滴滴必曾呈现目前。

　　第二篇是《含笑》。文中所指"经营小筑"是指安东街的自建家园，是妈爸一生第一个也是最后一个属于他们自己的家。阶前右手就是那棵"叶小枝多，毫无殊相"的含笑。文中称花开时"一缕浓烈的香气荡漾而出"，作者的想象力的确异常丰富，因为爸爸的嗅觉早已失去分辨香臭之能力，全靠妈妈的鼻子代嗅，然后由爸爸自己冥想，配以视觉的感应，通过文人的生花妙笔，就能得心应手地描述花的特有香气了。就如同海伦·凯勒的脑中也有万物形象一般。那么，为什么第二篇就选中看没看相、闻又闻不见的含笑呢？读者若知道文末的故事并非亲身经历，被送货工友之孝思所感动而鼻酸的不是作者，而是作者之故妻程季淑，就不言而喻了。

在《莲》一文中，爸爸提到郊游，购荷叶回家煮荷叶粥，有"香气扑鼻"，又以多余之荷叶"实以米粉肉，裹而蒸之"。我想主其事者非妈妈莫属。另一段描写爸爸小时家中的荷花盆，及每年"换泥加水，施特殊肥料"种种。这不但是爸爸的童年回忆，也是我幼时所目睹的家中大事，多由妈妈督导工人促成其事。爸爸与祖父亲情最笃。文中"先君甚爱种荷。晨起辄褰裳（为徘徊）荷盆间，计数其当日开放之花朵，低吟慢唱，自得其乐"一段犹如有声电影，把祖父每晨独自赏花、细数花苞之态勾画得历历如绘。爸爸写至此岂能不搁笔沉思？我读至此，也不禁想起祖父弓身数花之得意神情。

谈起《辛夷》，爸爸在中国各地都有过观赏的经验。恐以在西雅图我家院中，发现一只蜜蜂，僵死在硕大无朋的纯白辛夷花心旁，所给他的印象最深。至于形容该花"花香特别浓郁"（有如佛手），则全靠我的嗅觉了。

提到《丁香》，我想在爸爸心中一共只有四棵。那就是种在北平寓所西跨院的四棵紫丁香。所谓西跨院是指妈爸卧室与爸爸书房之

一九七二年程季淑写兰为梁实秋祝寿

间的一个小院,有屏门掩闭,与正院隔离,以现代语来形容是有隐私权之处(Privacy),所以爸爸称之为"我的小天地",其实是妈爸二人的小天地。我相信那四棵肥硕的紫丁香在爸爸心里象征着安全温暖,一段永不可再的家居生活。

至于《兰》,爸爸特别赏识的是素心兰。文中说从芥子园画谱上学得东一撇西一撇的画凤眼,指的是妈妈。妈妈家居寂寞,想重拾画笔，却又无勇气拜师学画，就自己一人在家中撇兰自娱，也画了一阵子。妈妈爱花如命，我离家后，曾寄情于养兰，于后院墙角搭起一丈见方的小棚。妈妈操作其间，乐此不疲。爸爸则着实欣赏妈妈培养出之成果，戏称妈妈为"花奴"。文尾所述养兰要"小心伺候"，"叶子上生虫也需勤加拂拭"，使我想起爸爸于一九七一年十月二十一日来信中所陈："这几天妈妈腿疼，不能出行，闲来无事，只能搬一盆素心兰到桌上，慢慢地擦抹叶上的小虫，一擦就是两个小时。"

写《菊》的一段，描写台湾艺菊之风甚盛，然"不取其清瘦，而爱其痴肥"。形容一朵朵的菊花为大馒头，全是家常闲话，耳熟能详之语。

《群芳》中之最后一花是玫瑰。妈妈爱玫瑰，不管台湾气候如何，硬要养玫瑰，屡试屡败。后由我自美寄回液体玫瑰肥料 Rose Food（"玫瑰食粮"）一瓶，有奇效，妈妈视如至宝，供在梳妆台上，不许人碰。

爸爸这篇《群芳小记》是用了心写的，不是急就章。引古人诗句要查书，写往日烟云必暗叹。全文十段大约费时近月。写完之后，来信告诉我说："《群芳小记》写完了，自以为写得还不错。这都是自寻消遣，也可说自找麻烦。写得我头昏脑涨，但也有无限感慨。旧时影像一一映上心头，然而却一去不返矣。"

读此文若能参照《槐园梦忆》第八十五六页所述妈妈养花之经验，当对《兰》及《含笑》二段更能体会作者之心情。

今重读《群》文，感触良多，泫然不能自已。因而联想起其他与花有关之轶事，遂以爸爸语气写《群芳小记补遗》一段，纪念妈妈，爸爸若能读到这段戏作，必会唏嘘感叹一番。

《群芳小记》补遗

十一、姜花

姜花，若顾名思义，以为是生姜长大所开之花，就大错特错了。姜花之根，壮大肥硕，形似生姜，然无生姜之辛辣，不能食。茎干粗顽，高达五六尺，无可观者。叶长披针形，有平行脉。夏季开花，色白，有异香。唯此花不见经传，非文人雅士所好。

一日，有花贩敲门，兜售此花。季淑爱其健旺浓郁，又怜花贩夏日炎炎，曳车求售之苦，遂市四株，种于后院。我戏言："你这叫什么花？等一下我全都给你拔掉，扔到垃圾箱里去！"饭后，正当小憩，突见新植姜花之上半部在房侧高窗外，向前院垃圾箱方向移动。姜花无脚，怎可自动？惊起查看，原来女仆听到戏言，竟认真执行起来！"戏无益"此之谓也乎？

爸爸的性格

一个人的性格很难描述，绝不是三言两语说得清的。因为性格是多层次的，因年龄环境之更迁常有转变。对一个人的认识愈肤浅愈易下评语，因为只知其一，不知其二、三或四，认识深了，似乎找不到一句适当的词句可以概括地描述一人的全貌。

我认识爸爸，可以算不浅了。所以提起笔来竟寻不到词句形容他的性格。我若说爸爸很风趣，我曾见过他严肃的一面。若说他开通，我可以举例证明他有时也很顽固。若说他慈祥，他也有冷峻、令人不寒而栗的片刻。若说他勇敢，他胆怯时也不少。若说他旷达，我知道他有打不开的情结。他曾及时行乐，也曾忧郁半生。他为人拘谨，有时也玩世不恭。他对人重情，也可以绝情。我想这就是我对爸爸性格的最忠实的描绘了。也许在许多人们心中，爸爸是一位可敬的教授、学者、作家、长者，而对他有某种框框式的期许，但是所有世界上的教授、学者、作家、长者都是有血肉之躯的人，也正因为如此，他们才能体会人生，享受人生，创造人生，忍耐人生。他们所留下的文字才会深刻动人。

梁实秋与程季淑摄于台北云和街寓所

知爸爸最深的当首推妈妈。妈妈虽已去，我仍可借用妈妈的一句名言来形容爸爸的性格，就是"宁死棒儿骨"！这大概是一句北京土语，表示性格倔强到不可理喻的地步。我认为这句话不但一针见血而且传神。爸爸之倔强不服输是他多面性格中很突出的一面，这种气质一直影响他做人做事到生命的终点。

爸爸年轻时头发又黑又多又硬，耳壳紧贴头皮，非常硬挺，我常用手指去扳动他的耳壳，试试到底有多硬，笑问："爸爸，你的耳根子怎么这么硬啊？"北京土语"耳根子硬"是不听人劝之意。后来爸爸老了，头发日渐稀疏，而且变得十分细柔，耳壳也不那么硬挺了。但是他的"耳根子"还是很硬。

大约一九七九年左右，爸爸到美国来看我。我和爸爸在君达卧

室中闲谈。忽然,爸爸若有所思地说:

"我这个人做事如果做错了——就一直错到底。"

我知道爸爸何所指,无需说明。我们常常这样没头没脑地交谈,无碍思想的沟通。

"那您不是太苦了吗?"我搭讪地说。

"那没办法。"爸爸斩钉截铁地回答。

"⋯⋯⋯⋯"

"⋯⋯⋯⋯"

我和爸爸长谈、短谈,近些年来何止千百次。但是没有一次比这次的对话更简单明了,给我的印象更深。这次的对话是一字不差地铭刻在心,恐怕我一生也不会忘记。有人说爸爸这种倔强性格是好汉打落牙合血吞。

倔强的人做错了事,有时吃亏吃苦,一直苦到底。但是如果做对了,岂不是一直乐到底吗?所以爸爸就靠了这种倔强、固执、坚毅的精神排除万难,完成莎氏全集的翻译工作,写完《英国文学史》,每天与懒惰决斗,节节获胜。

如果眼泪代表软弱(不尽然),爸爸是愈老愈软弱了。爸爸年轻时,我没见他哭过,即使处逆境,或有丧父之痛,泪也不轻弹。如果眼泪代表的是无可抑制的伤感,爸爸晚年的泪却像槐园的泉水,汩汩长呜咽。

探父琐记

自一九七五到一九八二年，爸爸每年到西雅图来探视我们，每次小住一个月。后来爸爸体力日衰，旅途劳顿，渐感不支。改由我每年回台探望爸爸。以后几年，我一共回台四次。每次逗留，不出二周。现略记一二琐事，虽属鸡毛蒜皮，一旦成为历史，倍觉珍贵。

先从一九八三年写起吧。我回台对爸爸是一件大事。那年爸爸八十一岁，还可以勉强跑街。他事前亲自为我到自由之家订房间。又在信中仔细叮嘱，我们在机场应如何碰头。下面一段是他信中的话，可见爸爸做事之严谨，和他紧张的性格。

"……前信已告，机场验完行李，走出来，勿入人丛（我不在人丛里。）立即向右转，贴墙走，走到头即是巴士票房，我在那里等你。万一飞机提前到，或是我迟到，不要慌 Don't panic! 你在那里等一下。左近就是 Snack bar，不妨坐下来喝点什么，收美金（换美金处就在售票处旁边）。不过，我一定会接到你的。放心……"

像这样中英文夹写的详细指示，一共重复了三次，并有绘图说明。他自己则打算搭中兴巴士到桃园机场，站在巴士售票处附近等我，不见不散。我读了三封这样明确的"会面计划"，手执爸爸画的"机场形势图"，心想万无一失。不料，飞机误点，我按计划走到巴士票房附近，左右空无一人，Snack bar 已打烊。我想爸爸从不迟到，定是没来。为何没来？我心里开始发慌。会不会久等不耐，走了？不会。会不会被车撞了？……不敢想。爸爸说的，不见不散。好吧！死等吧！半小时后，看到爸爸气急败坏地自人丛中挤出，向我走来。他是那样的疲惫，苍老，腰也不如以前挺直了。我为之心酸。爸爸惊讶地问我："你什么时候溜出来的？我怎么没看到你？"两人见了面，双方的急躁不安和劳累都烟消云散。我们快乐地上了巴士。爸爸坚持要为我拿大箱子。他还不肯服老。我们坐在最后一排，一路谈笑。爸爸从口袋中取出一罐果汁，一个包子。叫我享用。我不忍拂他的美意，努力吃下去了。不知何故，父母总是喜欢看孩子吃。

这次返台一共十三天。每天早上爸爸坐计程车来我处聊天，时值仲夏，天气燠热。唯一能做之事是对着冷气吃荔枝，话家常。有时，也说些信里不方便说的话。因为，我们的家信常被有关方面检阅。有一次，爸爸的一位朋友说，他知道爸爸给我信中的内容。爸爸大惊。我们对查人私信，而将内容外传，以致传回写信人，感到震惊。

我返台期间的一件大事是"吃"。一日三餐全靠吃馆子。大酌小饮无算。时而珍馐满席，时而就摊而食，直吃得天昏地暗。爸爸喜欢和我去一家北平小馆"一条龙"。我们吃些锅贴、烧饼，听一两句乡音，感到格外亲切。有时天热难当，无处可去，饭后闲荡街头。一日，突生一计，何不遁入电影院，买个凉快。我们挤在人群中，买票入场，也不知演的是什么片子。四周全是青年男女。八十老翁带着幺女看电影，确属少见。过了两小时出来后，两人哈哈大笑。

爸爸连呼"荒唐，荒唐"。

我和爸爸欢聚，不在乎吃什么，玩什么。只要是在一起，爸爸可以看到我，听到我，就觉得心满意足。唯其如是，我更感罪孽深重。一年三百六十五天，我在爸爸身边不过十几天。爸爸年纪愈大，我的心理压力也愈重。明知来日苦短，谁也无法使时钟停摆。有时爸爸为我花钱，我若有异议，他总说："你让我为你花点钱，享受一下吧！不知道还能有几次了。"

十三天无情地溜过去了。我临行时承刘锡炳先生远路开车相送。爸爸在信中特别提及，说"实在可感"。爸爸一生最怕求人，但若受惠于人，则必感恩一生。爸说这是美德。他也非常欣赏有此美德的人。

我这次返台，被酷热所苦，与爸爸约定以后见面改为冬季。但因我教书工作关系，在台停留时日必须缩短。爸爸的一位朋友说："你来时，我们都不去找梁先生，好让他的时间都留给你！"我被这份体贴深深感动。

一九八四年底，我又回到了台北。这次我住在爸爸的旧居乡野大厦十二楼，厨厕俱全，很方便。我抽空去菜场买美国买不到的蔬果。我发现了发芽豆，买了一大包，用八角花椒盐水煮烂，北平话叫烂蚕豆。这是我幼时在北平家中妈妈常做的一道零食。我和爸爸一起吃了好几次，大快朵颐。临走还剩下半罐，留在冰箱中，我走后，次日，爸爸专程去取。每天取食数粒，三五日后始罄。

这次返台，我有一大收获。爸爸送我一副对联。联曰："无情不似多情苦，百岁常怀千岁忧。"这是爸爸集宋人晏殊词句而成。爸说打算写起来，但不知送给谁。我一看，这两句正是我的写照。我立刻说："送我吧！"爸爸说："好，可是我写的是我自己。"这副对联一直挂在我家中。

我久闻周梦蝶大名，央爸爸陪我去他的书摊买书。我们专程去明星咖啡厅附近，苦寻良久，只见尘埃满地，机车横七竖八，一片杂乱，哪见诗人踪影！我们只好步上明星楼上喝咖啡。见不到诗人，谈谈诗人也算不虚此行。（三月间，爸爸寄给我林清玄的《武昌街的小调》一文，才知周梦蝶于一九八一年就抱病归隐了）爸爸又告诉我一位畸人孟东篱，在花莲临山地上自建茅屋两间。屋内有木炕一，钢琴一。躺在炕上可以看海。但无厕，如有客来要如厕，便给一把锄头，说："你自己找地方吧！"吃长素，诗文俱佳，通禅理及基督教义。周孟二位是超人，凡夫俗子不易得缘一见，听听他们的掌故，也有净化人心之效。

有一天，我们步出某大饭店，在门口照相。一位着红制服侍者要求与爸合影。我说："我为你照了，你也看不到相片，有什么用？"他说："没关系。你为我照了，我以后就可以对人说，我和梁实秋合照过相。"我们都笑了，爸爸欣然与他合照了一张。我回美洗出相片后，很想寄一张给这位先生，苦无姓名地址而作罢。

一九八五年夏，我与夫邱士燿同去上海省视翁姑。回程再度来台，历五日。这次有士燿，更加热闹。

我们自上海带来四个天津鸭梨，三个莱阳梨，送给爸爸。爸爸认为味道依稀存在，个儿小得可怜，微有渣。不过，总算尝到了家乡土产。言下水果也不如从前了。最受爸爸欢迎的礼物是好书。他常常说，为什么大家不送他书。我戏言："恐怕是怕你输吧！"士燿这次送爸的礼物是两册伯斯威传（James Boswell）。伯氏是爸爸最钦佩的传记作家，曾为约翰孙博士写传，以文笔细腻入微，记事详尽闻名。而约翰孙又是爸爸所喜爱的大文豪及字典编纂人。记得幼时听爸爸讲述约翰孙的轶事，生动之至，至今余音在耳。所以这份礼物甚合爸爸口味。据爸爸说，唯一缺点是部头太重，不宜卧读。

离台前夕，爸爸辗转反侧，入夜二时"还是瞪着大眼看天花板"。爸爸老来心情极易激动。我们的聚散，每次都给爸爸太多的刺激。这真是无可奈何的事。

一九八六年底，我又依约返台小住十日。爸爸信上说："见面不一定有多少话说，但是很想见你一面。我老矣，还能见几次。思至此，心里惨然，……"这一回，是和爸爸欢聚的最后一次。

爸爸是真的衰老了。他这次没来接我。我走时也没送我。我知道，他如还有一分体力，一分自信，他挣扎着，也会去机场的。这一次的聚首，我们两人吃锅贴，功德林吃素菜，好年冬吃自助餐，三六九吃汤包，明星喝咖啡，四维路小馆吃牛排，……我陪他去荣总，买助听器，为他安排电话装闪光灯……临走，我还做了一桩使他欣慰之事——我带走了三本航空稿纸。

自从一九七〇年，我在《中央副刊》上投了几次稿后，爸爸常鼓励我写稿。我总是推三阻四，十几年来就没有再写过了。这次临行前一晚，我站在爸爸客厅中央，整理行囊。爸爸指着《中国时报》季季女士送我的稿纸，说："这么多稿纸，你恐怕要留给我了吧！"我说："谁说的？这是我要带走的！"爸爸脸上露出一丝喜悦，我们互换了一个眼神。爸爸明白，我已有意执笔为文，终于依从了他的意愿。

我回美后，爸爸给我的来信中引了一句欧阳修的词："聚散苦匆匆，此恨无穷。"

老与死

爸爸是个生命力极强的人。他热爱生命,珍惜生命。自妈妈突然去世后,爸爸对老与死的问题更加敏感。但是,谁也无法使无情的时间慢下来,我们都以同样的速度接近死亡。只是不同年岁不同处境的人对生死问题持不同的看法罢了。

爸爸在生命的最后十年里,常常在信中提到老与死的问题。我现将爸爸的感触实录在下面:

"林语堂死了。……我认识的人,一个个地倒下去,好像宴席上的客人一个个地起身而去,只剩下自己慢慢地守着狼藉的杯盘,四顾苍茫,纵有山珍海味也难以下咽!"

一九七六年三月二十九日

"人生最大希望,一是子孙成人,一是留下一点成绩。豹死留皮,人死留名,如是而已。"

一九七六年四月十八日

"喂!我的头发渐渐白了,眉毛也半白了,怎么办?还不到八十,就蒲柳先衰,好可怕。……我只愿再活几年,多写点东西。你们后院那棵 Douglas Fir，我记得你们曾经分配在名义上是属于我的，如今被风吹倒，好像不大吉利，'树犹如此，人何以堪'，'将军一去，大树飘零'！不过我不信这一套。妈妈去世，我就觉得我像是被电火殛掉一半的一棵大树，生意尽矣。我还能挺到如今，宁非天意。

一九七七年十一月十九日

"……我生日一过，就是七十七岁了，胡（糊）里胡（糊）涂弄到了这样的年龄，不堪回首，更不堪前瞻！我近来时常冥想，想人生生死的问题，想来想去，觉得自己渺小，任由环境摆布，到了老年才开始认识自己，四顾茫然，悚然以惊。"

一九七八年一月十四日

"……你看我，年近八十，还是有无穷尽的工作在等待我，'不知老之将至'——不知老之已至。想起来可发一笑。"

一九七九年九月十五日

"小乖生日快到了，……让他们到西雅图中心玩半天小汽车什么的。孩子究竟是孩子。然而孩子若能像是'潘彼得①'，多好！我现在是真的老了，好羡慕青春。'青春小鸟一去不回来'，心伤何如!?"

一九七九年十月十三日

"明年夏天，我去西雅图，便是七十有九了，无意中得此高龄，殊出意外。我每天早晨起床，便感一大惊奇，'啊，我还活着！好，就好好活一天，工作一天。'今日不知明日事，其此之谓乎?"

一九七九年十月二十八日

---

① 这是英国人巴利写的一个剧本，另名为《一个不愿长大的孩子》中的主角。1904 年首次在伦敦上演，曾风行于欧美，后成为圣诞节儿童剧。梁实秋 1935 年出版中译本，剧中的潘彼得长不大、会飞，后来与他的玩伴的下代一起飞，如今潘彼得已成为永保孩童天真无邪的代名词。

"……看到×××夫妇，二人都老多了。……都像是水泡过的葡萄干，皱褶而又臃肿，也许我在他们眼里也是一样的吧！"

一九八〇年一月十九日

"萧公权死了。×××怕也不能延长太久。老一辈的人一个个地凋谢，令人为之心惊。其实新陈代谢，正是大自然的常态。每年我看秋天的枫叶，我心里就难过。红叶即是白头，死亡的现象，不过树木还有明年的新生，人则只活一辈子而已。Carpe diem！及时行乐吧！"

一九八一年十一月十四日

"我今年八十岁，比起彭祖八百岁，当然不成比例，可是彭祖寿太长，一生之中死了四十九位妻子，五十四位儿子（据《神仙传》），并不值得羡慕。"

一九八一年十二月二十三日

"文蔷这次来，看我虽有老相，但健康仍未大坏，能吃能睡，我想短期内没有问题，你们可以不必担心，妈妈说我可以活到九十岁，我当努力实现她所说的话。"

一九八三年七月十四日

"我现在正式宣告我已进入老境，有种种现象使我不能不信我已是一个老人。"

一九八三年八月十四日

"过了年就八十三了！近揽镜自照，头顶益秃，鬓角益花白，皱纹益多，皮上苍蝇屎益密，眼屎益浓，总之是丑，丑。"

一九八三年十二月九日

"我的腰痛渐好，现在'病去如抽丝'，可以走路外出，但步履蹒跚，十足的老人之状了。'人人愿长寿，无人愿年老。'不老，怎能长寿？我现在想通了。"

一九八四年三月十八日

"我近来感觉急遽老化，走路两腿大不如前，仍勉强每日散步。"

一九八四年八月二十日

"我是瘦下来了，'沈腰潘鬓消磨'，是老，不是病，勿虑。"

一九八四年九月二十二日

"有人劝我做全身检查，我不去，怕吃那份苦头。老年人还检查什么，还真想不死么！我如今'饥来吃饭倦来眠'，一任其自然。'死生有命，富贵在天'。"

一九八五年二月十日

"不用你说，我是老了也。一摔之后，老态毕露，可谓一蹶不振。我也没有办法，尽力多运动，注意饮食，求其减缓老化而已。你妈妈说我可活到九十，当努力以赴。然而也没有几年了！我目前寄望于你们三个孩子，愿你们平安健壮，我随时可以随汝母于地下。"

一九八五年九月廿一日

"你说我衰老之速是心理促成的，也许是。你妈妈曾对我说，人老之过程有两种，一是渐进的下坡，一是突然的一阶一阶的降落。她属于后一型。我这一年来也步了她的后尘。……"

一九八五年十月七日

"我近来常头晕，心跳，腿痛，衰老之象。万一不讳，希望你不必来，来也没有用，徒自苦耳。故再嘱咐，盼听我话。"

一九八五年十一月二十九日

"我最近一个月，可以说没写什么，渐感 aging 的压力。此乃正常现象，然而也很难堪。××高寿八十八，我不知道他是否快乐。人没有完全快乐的，到了老来恐怕就很少乐的成分了。赏心乐事都成了'往事只堪哀'了！"

一九八六年六月十四日

"我前天又摔了一个屁股墩。趴在地上拧一个螺丝钉,没想到站起时失去重心,踉跄而倒……可见人老不可爬高,亦不可趴地,趴地则不易站起也。可笑亦复可怜。"

一九八六年七月二日

"……其实我还不太老迈,任何老年人都自以为还可再活一年,我则以为尚不止一年。妈妈推算我可活到九十,走着瞧吧。"

一九八六年八月七日

"我想人的一生,由动物变成植物,由植物变为矿物,亘古如斯,其谁能免!你们如今周游世界,正是动物的极致,我近已渐有变为植物之趋向,汝母及三姑则已先后成为矿物矣!"

一九八六年九月廿八日

"我最近十年不曾游玩,主要是心情不对。……至今我才体会到何为衰老,是浑身不对劲,头脑也不听使唤。只是须发指甲长得特别快。现在要我去阳明山,都不敢尝试,腿走不动了。"

一九八六年十月六日

"文蔷寒假可以来台,太好了。一年多未见,我很想见你。我老矣,还能见几次?思至此,心里惨然。……"

"今天是重九日,老人节,今年市政府敬老送礼改用现钞,二百元新台币,凭图章在里长办公所具领。我托管理员代我去领。这二百元,作什么用呢,我尚未想出。吃牛肉面,可以吃两碗半。台北最高龄的是一百零四岁的一位老太太。我不算老。"

一九八六年十月十二日(老人节)

"×××(旅社名)是贵一点,但是这样的钱我若不花,恐怕没有机会花了。我看开了,你也看开一点。你享受我的比较豪华的招待，为数不多了，你要了解我的心情。……住在那里好了，一定要由我付账，你远道来看我，我负责住处是应该的。"

一九八六年十一月二十九日

"你作奇想，想来台住一个学期，我明白你的用意，你是要多陪我一段时光。我想了一夜，决计劝你打消这个奇想。你要知道，人生聚散匆匆，乃无可奈何之事。我徼天之幸，老来身体粗安，至今能吃能睡能走路能工作，一旦奄忽，一了百了，无所遗憾。我对你在积极方面不能有助，在消极方面不愿累汝。……我愿你永远不要忘了汝母，每年到槐园去看她一次。她已离你我而去，将近十二年了！我早晚有一天随她去地下，你要坚强起来，继续过堂堂的一生。我无需多言，多言无益，徒增忉怛。盼你善体我心……我们每周一信，有时加班，我相信这是打破纪录的事。"

一九八七年一月十七日乙丑腊八晨

"新正初一，早起吃东西，咔嚓一声，一个门牙（假牙）落下。……按说这是不祥之兆。我不信这一套，不过也很沮丧。卜者谓'八十六是一关'，我正在过关。一个人如八十六以前丧命，显然是这一关没过去，如八十六不死，显然是这一关过去了。怎么说都有理。不过年年都是关，日日都是关耳。据说有道之士，自知死期，老夫不曾修道，也知道来日苦短也。大年初一，别谈这个了。"

一九八七年二月七日

"你如果忙，也不一定要在腊八赶来。我对生日并不重视。有人说八十六岁是一'关'，这一关如过得去，就有希望庆九十了。我正在过关中。八十七才值得庆幸。……"

爸爸性格坚毅，不认输，不妥协，对生死一关，明知无所遁于天地之间，仍鼓余勇，努力生活到最后一天，最后一刹。爸爸强烈

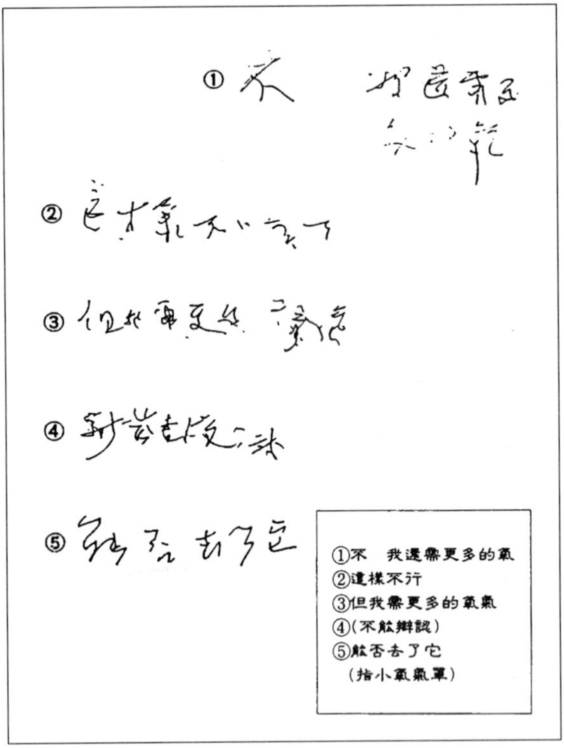
①不　我還需更多的氧
②這樣不行
③但我需更多的氧氣
④(不能辨認)
⑤能否去了它
(指小氧氣罩)

梁实秋绝笔

求生的欲望一直支持他到心脏停止，他至死没有接受死亡！爸爸的五句绝笔之一是：①

“我还需更多的氧”

爸爸的手一生中写了不知几万万字，没想到，留在人间最后字迹竟是求生的呼号。每思及此，肝肠寸断。

---

① 爸爸的绝笔第四句很难辨认。我曾就教于马逢华先生。经逢华兄苦思两天，仔细研究的结果，最可能的臆猜是“我发昏救救我”。我感谢逢华兄的耐心和认真研究的精神。我心中已接受了这个解释，可以不再去看这句话来折磨自己了。

悼亡
——长相思·泪难干——

自一九七四年四月三十日妈妈弃养，爸爸如遭雷殛，一直到爸爸年前去世。在这漫长的十三年半的岁月里，爸爸无时无刻地怀念妈妈，不但未因光阴荏苒，创伤渐愈，反而相思之情与年俱增。悼亡的悲戚慢慢地无情地侵蚀着他的心，他唯一发泄的方法是给我写信，写一些他只能对我说的话，他心底的话。

他把最纯真的情感生活向我透露。如今爸爸已去，他已不再伤痛。我愿将爸爸的这一段天长地久至死不渝的情愫公诸于世，这也是爸爸期望于我的。

最真实、最直接的方法描述爸爸对妈妈的情感是用他自己的语言。我仅在必要时略加注释。

妈妈在婚前绣了一幅"平湖秋月图"（见前插图）在爸爸赴美读书临别时送给爸爸。这是爸爸心爱之物，一直珍藏着。妈妈过世后，爸爸离美返台定居，把这幅刺绣交我保管。这幅画是一九二三年绣的，已褪色断线，经我悉心补缀，配框悬挂起来。爸爸很高兴，但是触景生情，看了又觉感情上的刺激太大。爸爸说："你不必悬挂,……什袭藏之可也。我吃鱼时总是想起我的母亲,冷饮时总是想起我父亲,现在则日夜无时不忆念你们的妈妈。×××常问我:'你为什么忽然发愣?'我则以谎言支吾,因我心里痛苦,不愿累及别人不快。槐园是妈妈遗体所在地,还不是我最系心的对象,最系念的是今已不复能再见的活生生的人。她活在我心里,也活在你们心里。惨痛!惨痛!"

一个人若心有所钟,不需要特殊情景引发情感的激动,任何事物节日都会引起联想。妈爸自初次见面(一九二一年冬),到死别(一九七四年春),历时五十三载。一旦永别,怎能淡忘。爸爸一九七六年过生日,又犯了忌,事实上任何事物节日都是忌讳。爸爸来信说:"腊八忘了最好,我根本不要再提生日,提起来我伤心。因为现在没有了妈妈,我的心情变了,我已经不是从前的我。希望你们以后也不要再提起。今年腊八切大蛋糕时,我的泪滚滚而下,但是没有被人窥见,我还放声大笑呢。"

妈妈故后大约两个月,在北京的大姐文茜就辗转和我取得联系。我看了大姐的信,不禁嚎啕痛哭起来。妈妈早走了两个月,没能得到姐哥仍在人间的好消息,真是憾事。姐姐知道了妈妈已逝,更是伤恸,自北京寄来一束纸花,嘱我送到坟前。我禀告爸爸一切,爸爸来信说:"你大姐寄来纸花,我心里好难过,你送到坟上去当然比我更难过。快两年了,我心上的创伤依然剧痛也。……钱对我已无诱惑力,人不能长生,钱有何用!我见到钱,有点愤恨,恨它不能买到我们所要的幸福。"

爸爸有记家人生日的习惯,每年新日历一到手,就把家人的阴历生日圈出。所以,常常我的生日还要爸爸来提醒,嘱我别忘吃碗面。一九七六年,在妈妈冥寿前几天,爸说:"阴历二月十七为妈冥寿,此信到时如赶得上，可到墓上代我献花一束。妈妈若活着，今年七十六岁了。明年是我们结婚五十周年，但不得庆祝。恨！恨！恨！"

自从妈妈去世爸爸返台，我的时间突然多出来了。于是得空就重拾画笔，胡乱涂鸦。我一共拜过四位老师习画，花鸟山水工笔写意都受过基本训练，但是没有一位老师教我或鼓励过我画自己的画，永远是临摹老师的画稿。工笔画更荒唐，我要像描红模子一般，把老师的画放在棉纸下，一笔一笔地描。这样的画法，一旦离开老师就一筹莫展了。一日，天气晴和，院中蔷薇与玫瑰盛开，我鼓起勇气，找了几朵艳丽绝伦的蓓蕾开始写生，下了几天的苦工，居然七拼八凑地成了一张工笔画的初稿，画成后，不免私心窃喜，好歹是自己的处女作。于是寄给爸爸，央请代为题字付诸装裱。不料，这幅蔷薇图又引起了爸爸的伤感，缘由妈妈特别喜爱蔷薇也。爸爸为我填了一首《天净沙》："轻盈笑靥流霞，白篱绿叶红葩，晨夕泪珠溅洒。底事堪嗟？爱花人在天涯！"

四月三十日是妈妈的忌日。爸爸说："我今天并不特别悲伤，因为天天悲伤之故。我自来台北后，寂寞是没有了，心里的苦痛无法排除。没有人能为我解忧，我自己也不能。恨，恨，天公如此残酷。"

爸爸离美，匆匆一年过去了。第二年六月间就要回来看我们。爸爸说："我回到美国，也是心酸，不回去，也是心酸。此生残余之日，注定的永远要心酸。人生凄苦，莫此为甚！"

爸爸回来了一个月。我们给爸爸另外预备了一间卧室，没让他睡在妈爸原来的房间，希望能减少对妈妈的哀思，但是也于事无补。爸爸回台后第一封信就说："在西雅图一月，我很愉快……还有就是妈妈不在，触景生情，每天饭后上楼，没有一次不感觉妈妈穿黑毛绳衣四肢着地地爬楼梯，辄为之凄然。这有什么办法呢？我将带着这份迷惘的心情,一直到死!我以前不是写信说过吗,西雅图我想去,又不想去。原因即在此。"关于妈妈的最后一年上楼需"四肢着地"地爬上去,是事实,而且在《槐园梦忆》中也提到过。我想有解释的必要,因为以中国人的常理论,似乎我们对妈妈没有尽到侍奉之责,怎可使一位老太太"爬"楼梯呢?首先要说明的是我家楼梯上有很厚的地毯,不脏。我们大人孩子经常在楼梯上玩耍,或坐在楼梯上聊天。手着地并非肮脏之事,这大概是美国风俗,我们居美日久,习以为常。第二,妈妈体弱无力,如不爬上楼,而由人搀扶上楼,则妈妈的体重(很重)将全部在妈妈自己的腿上,万一向后仰去,负责搀扶的人恐怕也要一起滚下楼梯,则后果不堪设想。所以"爬"上楼梯,虽不"雅观",却是一个最安全的方法。我曾建议为妈妈买一为病人上下楼之电动椅,被妈妈断然否决。再者,妈妈不喜欢被人搀扶,希望能独立,这是许多思想前进的老人的心态。所以,在这许多条件下,七十老母"爬"楼梯的事竟发生了。

爸爸年迈以后常易落泪,妈妈过世后更是经常以泪洗面,爸爸说:"你妈妈精神物质均已不存在,根本没有天堂,惟存在我们心中耳,思之惨然。我每日静时,至少落泪一次。哭了之后反觉舒畅些。"话虽如此说,爸爸还是常会说"妈妈在天之灵"等语句。人死后无物质与精神的存在是爸爸理性的认知,与情感上的需要妈妈仍以某种方式存在并无抵触。

爸爸一生在生活上几乎完全依赖妈妈,妈妈去后,我十分不放心他的衣食起居。爸爸回信中安慰我:"我生活不成问题,我已经锻炼成为一个独立的人,不靠人,也无人可靠,感谢上天给我健康。从前陪你妈妈上菜市,看她在厨房中炒菜,我无意中学得一套本领,如今派了用场,只是针线活还是不成,不过需要也不大。妈妈去了已两年半，如果有灵，知道我还能照料我自己，她也可以放心了。"

主妇一职，古今中外似乎从没被真正地重视过。尽管有人推崇主妇之伟大，都是口惠而实不至，大家心里明白。妈妈常被一些所谓职业妇女或显要的夫人（高级主妇）当面讥讽。爸爸牢记在心，终生不忘。若有人对妈妈生前特别尊重，死后又表怀念，爸爸感激之情远胜身受。

一个人的情感无法发泄，无处发泄时是会发狂的。爸爸告诉我："我时常在家里没人的时候，或散步时，放声大叫妈几声，没人回应，好不惨然！她逝去将近三年，创痛犹深也。"

妈妈去世前几年，妈爸常计划应如何庆祝金婚，讨论总是以不知能否活到金婚而作罢，所以也总无具体计划。及至妈妈突然走了，金婚之事就不能再提了，有时亲朋好友喜庆金婚，对爸爸真是酷刑，他必须要努力忍回眼泪，强颜欢笑。一九七七年二月十一日应是爸妈金婚纪念日，爸爸在信中说："这金婚还有什么意思，徒增我的伤感。在她走时，我就知道在这世界上再找一个品德像她那样的人大概是不可能的。昊天不吊，使我遭此闵凶！惨，惨，惨。……手颤写不下去了。"另一信记载着"金婚"纪念日爸爸的情怀："你问我二月十一日怎么过的，我闷闷的吟了一首小诗：'忆昔结缡日，于今五十春，可怜举案者，不是旧时人！'我所有的感触尽在这二十个字里了！妈妈命苦，没能伴我到这一天，我的泪永远在流。……妈妈一去，使我大彻大悟。"

继"金婚"而来的是妈妈去世三周年纪念，爸爸在悲苦中度过，来信说："我取出《槐园梦忆》，重读了一遍。我又读了一遍《金刚经》，不禁老泪纵横。士燿带孩子上坟，心里的伤感是可想而知的。"

以后的一年里，悼亡之情经常出现在信中，仅录三四段，即可知其心境：

"……我现在事实上是孑然一身，饮食冷暖自知小心，我没有一天不低声呼唤你妈妈，她已去了三年多，在我心里上她还是存在的。我需要她，而她去了！教我怎么办？"

"……妈妈的去世，给我的打击太大。我想起×××……的话，他说：'我的老婆死了，我决（绝）不会像你那样难过！'倒是一句实话，我有一点羡慕他。人到了无情的地步，未尝不是一种幸福。我想到你妈妈，我就坠泪。"

"今天是妈妈忌日，我将茹素一天。转瞬四年过了。……"

妈妈的忌日是西雅图山杜鹃盛开之时，爸爸是在两周以前，即来信提醒，勿忘送花到墓地去。一九八〇年有这样几句话："我知道死者未必有知，只是生者略表一点悼意。妈妈一去就是六年，我不能忘记她的一颦一笑一举一动，因为她就是我。"到了正日子，爸又来信告诉我他的心事："今天四月三十日是妈的忌日，六周年了！我除了暗弹几颗泪，别无纪念的方法。如果是我先走一步，这一份痛苦她如何承受得了！一死万事空，我不希望她有在天之灵，如果有灵，她还是会惦记我的，那将也是苦事。"

妈妈的七周年忌日，爸爸说："我的泪已经哭干了，幽明永隔，此恨绵绵，永无绝期！"

一九八一年中秋，爸爸信中寄来诗一首："……睡到凌晨两点，披衣上楼顶赏月，有诗为证：

阵阵凉风似水，一团月色朦胧，良辰美景太匆匆，回首不堪一梦！
记得当年携手，踏遍多少芳丛，今宵独立月明中，低唱浅斟谁共！

句虽俚浅，情是真的。"

一九八一年我从北京探亲后赴台，带给爸爸几件爸爸从前北平家用的小物件，其一是一个老盖碗。爸爸来信告我："我的老盖碗，近来常用，泡一杯好茶，则起遐思，心里非常凄凉。从前每日下午四时，你妈妈必定用这盖碗泡茶送到我书房。不堪回首！"

爸爸患糖尿病，嗜甜食，每偷食甜点糖果，必发病。我若寻得假糖甜食，则邮寄爸爸以解馋。爸爸叫我不要再寄，回信说："……我觉得你妈妈去后，我就应该吃苦，吃苦期间还能想甜的么？不过不能不活下去罢了。"

妈妈的八周年忌日，爸爸事前没提，事后向我解释："因为你已经够繁忙，不愿再提此事，增加你的伤心。我的日记本上把一年的纪念日都早已画出，所以我老早的就在等候这一天。这一天来到，我心痛极了！我把《槐园梦忆》里的事，一幕一幕重温一遍，不禁老泪纵横矣。五月四日是她的葬日，恨不能一去扫墓耳。……我这几年来，环境逼我学习了独自生活的习惯，也学习了如何承受寂寞的压力。我会向冰箱讨食物，我会洗浣小件的东西，我会以冥想、沉思、读书、写作消磨漫长的时间，我会一个人在屋里自言自语，我会在旷野无人的地方高声喊叫我失去了的爱人的名字！我时常觉得我是一个丧家犬，又像是失群的野兽，又像是红尘万丈中的一个落魄的行脚僧。"

同年八月信中又寄我悼亡词一首：

"前天阴历七夕，夜不成寐，苦忆汝母，辗转反侧，率成《西江月》一首：

天上应无岁月，尘间已过八年，幽灵不必惹情牵，愿我尚能健饭。
篱畔泪沾玫瑰，庭前血染杜鹃，谁来携手驻花前，黄卷青灯作伴！
词不佳，但是好惨。"

爸爸八十过后，体重减轻，体力日衰，我常不放心，恳请爸爸去检查身体。爸爸回信说：

"八十多了，还检查什么，活一天就是赚一天。我每天还是出去散步，是纪念你妈妈的性质，她去世前数日对我说：'我不在，你仍要继续散步，不可中辍。'所以我每天早晨必定出去走一遭，我想念她。她去世快满九年了，谁说时间可以冲淡一个人的哀思？"

转瞬妈妈逝世九周年纪念日就到了，爸爸来信说："如果你有功（工）夫，盼代我到槐园献上一束花。我知道对她没有意义，但是我心里会觉得舒服一些。事实上我每天每夜都在想着她。她弃我而去，倏已九年，而我尚偷生于世，我不知道这是我的幸运还是噩运。"

我每年去探望爸爸，回美后爸爸来的第一封信必定要把我们欢聚的几日做个总结，写些感想之类。一九八三年夏我回美后，爸的第一封信写着："我看到你，就感觉到像是又见到你妈妈，你们三个孩子，你最像你妈，不但相貌最近似，说话声音也像，基本性格也像。所以你这次来看我，教我怎能不高兴呢？"

第二封信中又提到妈妈：

"你的妈妈是勤俭的典型。我最近看《后汉书》曹大家（此"家"字读若姑）即班昭传，她所作《女诫》，虽然一部分过时，其基本思想还是可佩服的。我越来越觉得你妈妈是妇女旧道德的模范，实在是可敬极了。我写的《槐园梦忆》没能表达出我对她的观感于万一。"

妈十周年忌日一转眼就快到了，自妈去后，爸爸心里纪年的方法似乎开了一个新纪元，以妈妈去世的那一年为元年。这一年除提醒我到时去槐园献花，还有赞词和七言律诗一首：

"你妈妈一生勤俭宽厚而正直无私，不但对你们是上好的身教，对我为人处世亦有莫大影响。逝世十年，有如梦幻，我的心痛！'唯

将终夜常开眼，报答平生未展眉！'（元微之句）

"四月三十日是你妈妈逝世十周年，我吟了一首歪诗，写给你一看，当为我同声一恸：

一死并非万事空，音容常在我心中。
伶俜十载哀单鹄，萧索半枯立老桐。
水榭棚①边荷叶舞②，四宜轩③里小炉红。
不堪回首当年事，付与槐园飒飒风。"

同时又寄来爸爸书写之诔赞一纸赞扬母亲，这是父亲对母亲一生的最完整的概括和最真实的评价。他写道：

绩溪程氏，名门显著，红闺季女，洵美且淑，雍容俛仰，丰约合度，洗尽铅华，适容膏沐，自嫁黔娄，为贤内助，毕生勤俭，穷家富路，从不多言，才不外露，不屑时髦，我行我素，教导子女，正直是务，善视亲友，宽待仆妇，受人之托，竭诚以赴，蜜月迟来，晚营小筑，燕婉之求，朝朝暮暮，如愿以偿，魂兮瞑目。

一九八五年中秋前后，爸爸忽然寄来小联一幅："皎洁秋松气，淑德春日暄"，是六朝诗人谢灵运的句子，爸爸说上联是自负语，下联是颂扬妈妈，叫我装裱配框永作纪念。我想爸爸为妈妈写联填词做诗是一种精神上的慰藉和解脱，我读了除了引起我对妈妈的哀思，更为爸爸的悲痛而神伤。

一九八五年十二月九日爸爸来了一封加班信："你的妈妈是很内向的一个人，真正能了解她的是我。她已去世十一年多了，她的音

---

① 水榭棚是北平中山公园一景，爸妈初恋时约会处。
② 荷叶舞乃爸妈约会时尾随恶少调谑语。见《槐园梦忆》。
③ 四宜轩是北平中央公园一景，爸妈定情处。见《槐园梦忆》。

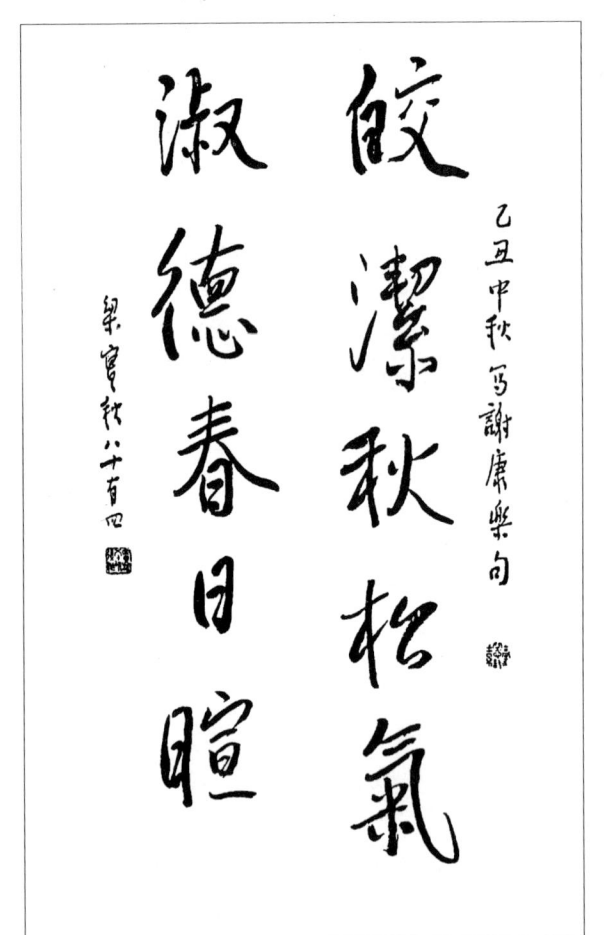

梁实秋所书对联一幅

容时时刻刻在我心目中，好像是我的影子一般，无时不在跟着我。我一旦云亡，恐怕继续怀念她的只有你一个人了！言之痛心。"

爸爸错了，怀念妈妈的绝不止我一个人。但是我也明白，不会太多。

同年，爸爸又写来一封悼亡专号，全文如下：

"在我心目中，你妈妈不仅是贤妻良母，实乃一代完人，我对她的敬爱无以复加。所以有人称许她，亲近她，以至于在她故后到她

故妻季淑夫人诔赞

绩溪程氏名门阀阅，红闺季女，淑美且贞，雍容俨仰，丰约合度。沈书铭华，通容膏沐，自嫁黔娄，为贤内助，半生勤俭，齐家富赡，足不多言，才不外露，不屑时髦，身行我素，教导子女，正直是务，善视亲友，宽待僮婢，爱人之诚，谒己之勤，蓬门庭光晚岁，萱小筑，无恙之朝暮。如愿以偿，泯念昭目。

民国七十二年四月三十日十週忌日 梁实秋

梁实秋为程季淑所作诔赞

坟上献一把花，都使我无比的感动，都是我的知音，都令我得到无法形容的快慰与骄傲。反之，若有人轻蔑她，欺侮她，我就苦痛，愤懑，永不能忘。宋诗人梅圣俞悼亡诗：'阅尽人间妇，无如美且贤'，初看言近于夸，细想却是真话。在美满的婚姻中夫妻一定把对方视为十分完美。否则就不能胖合成为一体了。这种认识在悼亡时格外深刻。汝母弃我而去十一年矣，时间不能疗伤，我至今日日夜夜想念她，眷恋她，呼唤她。我认为上天亏待她，虐待我，没有公道。附寄一剪报（《重温槐园梦忆——寒枫》）不知作者是何许人，我只知道我在《槐园梦忆》所刻画的人引起了人的敬爱，我心里也很安慰。汝母之为人，其温淑正直，无需我费辞，你深知之。……"

妈妈忌日爸爸写诗悼亡已成定例。十二周年忌日的诗是仿古乐府诗体写成的一首《长相思》。抄录如下：

长相思（悼亡）

长相思，在天边。当年手植山杜鹃，红葩簇发倚阑干。花开花谢十二度，无由携手仔细看。

槐园草绿应依然，岁月催我亦头颁，往事如云又如烟。梦中相见无一语，空留衾枕不胜寒。

长相思，泪难干。

妈妈的十三周年忌日是爸爸在世度过的最后一次纪念日。来信中说："近几日屡次梦中来晤，使我彻夜失眠，躺在床上吟成古诗一首，抄附一阅，虽然不工，凝思琢句，有高歌当泣之感。写罢重读，泫然泪下。"

季淑忌日十三周年

灵爽登遐日，忽忽十三年。朝思与暮想，绸缪恍目前。
我亦垂垂老，无复昔时颜。何当黄泉下，相顾一茫然。
请将儿女事，细缕为君言，庶君心少慰，地下长安眠。

文茜获平反，政协备一员，岁终市半麂，心广面团团。
文骐颇健壮，间道逃乡关，周末来省视，欢笑冶盘餐。
文蔷最勤勉，赢得博士衔，朝舞太极剑，夕抚古筝弦。

孙辈重孙辈，瓜瓞自绵绵，相聚一堂下，此事古难全。
槐园春草绿，遗恨隔云天。代我长呜咽，汩汩一鸣泉。

爸爸殁前约一周，一个人在屋里，无论是坐着、躺着，或走到哪里，老是喊着妈妈的名字。我是没听见，也没看见，但是我深信不疑。而且我一闭眼就可以看见也可以听见爸爸的呼唤，"季淑啊，季淑！"那惨绝人寰的哀号，我太熟悉了。

人常言，只有时间可以治愈失去爱人的痛苦。我以前也相信。但是看了爸爸失去妈妈后十三年所受的折磨，感人肺腑的长相思，几乎每信必提的"汝母"……我开始怀疑时间的力量。我自失去爸爸——我五十四年的挚友良师之后，更能体会爸爸晚年的心境。我但愿时间可以治愈我的创伤，正如我友世棠所说："总有一天，我们会以快乐和感恩的心情纪念梁伯伯，而不再悲戚。"

第四十号信

　　爸爸：收到了您的39和40号信。我这封是40号，是我今生今世给您写的最后一封了。这是一封无法投递的信。爸爸，您可知我现在的感受？我多么愿望您死后有灵，就站在我身后，看着我一个字一个字的写这最后一封信！我多么渴望您能知道我这一周的生活。我每周末和您笔谈已近三十年了。这么长久的习惯，您叫我怎么能改呢！以后的千百个周末您叫我怎么过？

　　十一月一日，虽然是星期日，我因公忙，在外面跑了一整天。晚上回家，士燿告诉我，有一个很重要的电话，是从台湾打来的。我知道完了。我的心里已做了准备。他说您因心脏病入中心诊所急救。我立刻抓起电话打到家里细问详情，但是也不得要领。只知有百分之十到十五的可能会不治。我心中略微放心一点。我想等到第二天再决定是否立刻回台赶到您身边。我心想，您对我一再嘱咐的话，您叫我在您病危时不准赶回台，死后也不可以奔丧。您不要我哭，也不要我悲伤，要我一切照旧，勇敢地生活下去。天啊！您叫我怎么能做得到！我可是没答应您啊！我说，我做不到，您还不高兴呢！您说您希望我和您一样达观，视生死为自然常态。可是您在失去亲爱的人的时候，您也没做到啊！

第二天，十一月二日，星期一，是君达生日。我照旧一早上班去了。我和士燿约好，我抽空打电话回家，看有没有消息从台湾来。下午两点半，我打电话回家时，士燿告我没消息。没消息就是好消息，我又放了一点心。晚上我下班回家时，看到君达的车在家门口，心知不妙。因为他周日是不回家的。我进了家门，走到我的书桌前，放下皮包。士燿和君达叫我坐下来。我立刻明白了。我说："He is dead."他们微微点了一下头。我没哭，也没说话。我走入厨房，士燿向我细细报告台湾来电的内容。我一个字也没听进去。我感到时空已不存在，一切都停止了。我没有感觉，也没有思想，我完全麻木了。在那短短的几分钟内，我没有痛苦和悲哀。我多么希望能停留在那种心理状态下，我就可以不哭泣，不哀悼，做到了您希望我能做到的达观的境界。

当天晚上我为要赶回台湾，向副校长告了假。但是事后又知十八号才公祭，我想太早回台要告太多天假，也不成。所以第二天又去上班了，此后两天忙于公务，我硬撑下来了。我想我这样做一定使您满意吧！我真的是非常努力地勇敢地生活下去。好像没事人儿似的。可是我照镜子时，吓了一跳。我起码老了二十岁。

我写到这儿，门口邮车来了。我这几天，天天在等您的最后一封信。我算日子，您还欠我一封。我知道今天若收不到您的信，就无望了。我等邮差走进我的院子，他今天动作特别慢。我的心在发抖。我等着、等着。他慢腾腾地把一大堆信放入我的信箱。等他去了。我夺门而出，一眼就看到了您那熟悉的信封。我的心猛跳。我拿着您的信，不敢拆封。太珍贵了。这是最后一封了。我崩溃了。

我放声痛苦地狂叫。您可听到？

　　这两周来，君迈在犹他州蜜月旅行。前天他打电话回家，听到您的噩耗，立刻赶回家来了。您的新孙媳卡丽还没见过您呢！她大哭了一场。她本盼望明年一月时和君迈双双来见您呢！

　　您还记得君达的挚友汤姆吗？汤姆在《纽约时报》上读到您去世的消息，立刻通知了君达。我们已买了两份报留作纪念。大约半小时前，李方桂伯母自加州来电安慰我，还说已收到了您寄给她的两封慰问信。李伯母说她几天前就在加州的电视新闻上听到了您过世的消息了。

　　妈妈过世时您说过，您的感觉像是一个霹雳把一棵老树劈成两半。我现在的感觉是，我好像是一个断了线的风筝。我突然失去了支援。我向辽阔的天空飘去，充满了迷惘与惶恐。我虽然离开您近三十年，在人生的旅程上饱经风吹雨打，但是我们中间那根线却从来没断过，反而愈久愈坚固了。如今您突然撒了手，事前也没有透个消息，也没得我的同意。我们不是盘算得好好的吗！我明年一月来台休假三个月，咱们可以一起品茗聊天的吗？您怎么不等我了？

　　爸爸，今生已矣！如有来生，我还做您的女儿，好吗？爸爸，好吗？

文蔷
一九八七年十一月七日

寄槐园

妈妈：

幽明永隔，十四年了。

与您道别时，我握着您冰凉的手。您记得吗？那凄然的感受，我又体验了一次。这回和我握手道别的是爸爸。爸爸在四个月前呼唤着您的名字，找您去了。根据许多有死而复活体验的人说，死是安详的，没有痛苦的，好像是走入一个黑暗的甬道，尽头处是一片光明，已过世的亲爱的人从光明的一端走来迎接。死亡是如此快乐的境界，有的复活的人很不乐意再回到世上来受苦。我愿相信，您一定听到了爸爸的呼唤，接到了爸爸。妈，别忘了，等我的时刻到来时，也来接我。能和亲爱的人相聚就是极乐，还要天堂做什么？

妈妈，您走后这十四年，家中的变化真是不胜枚举。您所渴望的事，和您所最不放心的事，都发生了，也结束了。自爸去后，一切归于寂静。剩下的，是我孤独的心对您和爸爸不断的思念和歉疚。对我而言，您去世后，爸爸的哀痛，《槐园梦忆》的出版，爸爸故后之哀荣，甚至我的工作，一日三餐，都是虚幻。唯一真实的是您和爸爸在我心中的存在。您们的形象在我心中，比您们活着时还实在。您们说过的话，写下来的字，代表永恒，是我的无价之宝。但是，我知道这永恒之宝，不久以后，也会成为虚幻。有无之间，本无区分。

妈，您大概低估了您的力量。您在世时，大概做梦也没想到过，您曾影响了多少人。他（她）们深深地，默默地，敬爱着您。有意想不到的人会千里迢迢地，到您坟上献上一束鲜花。您恐怕也没料到爸爸在失去您以后的心理状态。否则，您也许会和爸爸做相反的允诺，让爸爸先走，由您来承受后去者的孤寂。妈，您和爸爸比起来，您是强者。相信我。

爸爸在您去世后，精神恍惚。如失途之马，如失去方向的一叶小舟。在守丧的那半年中，爸爸好似溺水者在黑暗的海底做垂死的挣扎。您是爸爸的磐石。磐石碎了，上面的亭台楼阁也就七倒八歪了，任谁来维护修缮，也无法复原了。

爸爸在《清华八年》中说过，他幼时出外读书的滋味，像是"第二次断奶"。在他给我的信中说，结婚独立门户是"第三次断奶"。我看爸和您的死别，可算是"第四次断奶"了。您记得吗？您若是上街买东西，晚回来一个钟头，爸爸就像热锅蚂蚁，满屋子乱转，声言您若再不回来，就要到警察局报案寻人了。您想想看，您这回一去就是十四年，十四年啊！可叫他到哪儿去寻人？

寻寻觅觅。天没亮，他就到"槐园"去寻您。寻不到。回到家中，还是觅不着。抚摸着您的一双鞋，呆望着您绣的褪了色的"平湖秋月"，两行清泪……真是冷冷清清凄凄惨惨戚戚。但是顽固的爸爸，十四年来，他没放弃寻您，反而愈寻愈勤了。他在一草一木，一桌一椅，一食一饮，我的一颦一笑之中，都寻到了您。最后，在梦中终于和您见了面。我也多次梦见过您,永远是一样的梦。我每次都要证明您没死,有一次,我成功了。我靠近您,我感觉到了您的呼吸和体温。我大喜若狂。我证实了您还活着。我快乐得醒了。——天啊,那一刹那的狂喜,怎敌得过后半夜的凄恻!我说梦给爸爸听。他爱听,可是他从没告诉我他的梦。妈妈,您在爸梦中说了什么?

妈,您喜爱各种植物。您在西雅图住的时候,叫我不要把我院中成千上万的柏树嫩芽拔掉。您说看着它们生长也是一乐。我说若不拔,几年后,我们院子就会成一个树林,连大门都打不开了。您又怀念起您在台北安东街手植的面包树,不知还在不在。我现在可以告诉您,它曾被砍掉一半,又重长,现在又高又大。但是看到《中华副刊》姚宜瑛女士写的《对门芳邻》才知道您的面包树因街道要拓宽,要砍掉了。我很庆幸,爸爸不知此事,就去世了。否则不知又会伤感到什么程度呢!姚女士写:"有一次……我向梁先生说,他的面包树依然青翠茂盛,梁先生说:

'我偷偷回去过的!'"

这"偷偷"两字可用得妙。妈,想当年您和爸爸在北平中山公园四宜轩避风雪的时候,也是"偷偷"的啊!

一九八六年底,我去台北看爸爸。一天,我们两人步行去邮局发信。我感到爸爸的脚步不如以前稳健了。我时时要慢下来等他。我们一路走,一路谈您。到了信义路口,车走得飞快。爸爸还说:"文蔷,当心!过马路要两边看……你妈呀,过街时,我最不放心……"在爸爸面前,我是永远长不大的潘彼得。您呢,好像也和我们在一起过街。我们互相扶持着过了马路,发了信,站在邮局门口的小吃摊贩前。爸爸看着那甜甜的小饼,馋涎欲滴的样子,实在可怜。这真是糖尿病患者的悲哀！爸突然说：

"我们去看面包树去，你还记得吗？"

我怎么不记得！我们缓步而行，终于走到了您老房的原址。我们站在那棵树下凝视良久。天阴欲雨，我匆匆为爸爸在树下照了相。路过的年轻人向我们投以好奇的一瞥。我们珍惜那片刻，好像是又到了槐园。

爸爸对您那棵面包树，有特殊的感情。我翻阅一九七二年，您们卖房时，爸给我的信，有这么两行：

"……妈手植的面包树，我真舍不得。我对着它发呆。心里酸酸的……"

一瞬间，十六个年头过去了。种树的人走了，"偷偷"回来看树的人也去了。这棵树不久也要葬送在开路工人的电锯之下。一切都将逝去，了无痕迹。

妈，不要难过。世事原本如此。

妈，您若有灵，现在已与爸爸团聚，我应为您们快乐。您若无灵，自无痛苦。我也应为您快乐。我好像忽然觉悟了。

可是，妈妈，我为什么还在流泪？

腊八

我家对农历一年三节不甚注重,也许是对粽子、月饼和年糕缺乏兴趣吧!可是对腊八却毫不马虎。无论多困难,都得煮上一锅腊八粥。北平话腊八儿就是腊月初八之意。我记得我小时候,到了腊八这一天,我妈妈就把早备好的八样谷类和干果用水发泡,然后按序放入锅中煮开。妈妈一边在厨房忙着熬粥,一边念念有词地说:"腊七腊八儿,冻死寒鸦儿。"那情景恍如隔日。腊八粥上桌时应该是浓浓的黏黏的,每样谷类都火候恰好,没煮得稀烂,也不夹生。然后再加红糖趁热吃。妈妈每年为这锅腊八粥费尽心思,事后还得自我检讨,看第二年应如何改进。那时代在北平,厨房的炉子是煤球炉,没有电钮控制火候。锅是铝制,没有现代的不粘锅。所以,煮腊八粥不粘锅底也算是一门学问。

妈妈这般重视腊八是因为腊月初八是爸爸的生日。我们喝腊八粥就是给爸爸祝寿之意。今年的腊八是我一生中最凄凉的一个腊八。屈指算来,为爸爸煮了一辈子腊八粥的妈妈已安眠槐园十四载,每年欢度腊八生辰的爸爸也在十二周前与妈妈团圆于九泉之下了。从今以后，腊八粥在我家将不再是欢乐庆祝的标记，而是哀悼追忆的象征了。

我在上一女中高二时，开始用"闻强"为笔名在《中央副刊》上投稿，写了大约不及一千字的一块小小豆腐干，居然登出来了，还付了我稿费。我大喜过望，把钱好好收起来了。等到腊八时，为爸爸买了一盒朱古力糖，算作生日礼物。除祝寿外还有鼓励他戒烟之意。因为他那时在戒烟，老吵着要吃糖。我当时的得意和快乐真是无法形容。以后几年中生财路数渐多。每年腊八我都为爸爸买一件小礼物，然后用彩色纸小心翼翼地包好，再用缎带系扎，郑重其事地在腊八早上送给爸爸。与其说是为爸爸祝福，毋宁说是为自己炫耀。反正爸妈都开心。我也得意非凡，一家三口乐融融，不足为外人道也。以后年龄渐长，收入亦增，每年腊八送礼之事渐成惯例。甚至成为一种精神负担了。因为爸爸物欲甚低，生活简朴，又无嗜好，绞尽脑汁也想不出新主意来。常常腊八刚过就要动脑筋为来年的礼物发愁。不过，有时也会灵感大发。送一件礼物，使爸爸感动得老泪纵横，说我送的礼是"无价之宝"。那时我满足的程度不亚于第一次送朱古力糖时的感受。能被爸爸誉为"无价之宝"的礼物，我今生只送过一次。那是前年的腊八。

爸爸过生日，妈妈不送礼，因为她有更好的表达方式。例如一九七二年底她为爸爸画了兰。一九七三年底题了一笔虎（见右页图）。这些礼物都成了爸爸的"无价之宝"了。

一年半前，我开始向我服务的学校申请赴台休假三个月。主要目的之一是能与爸爸朝夕相处。我想这就可以算作我给爸爸的生日礼物了。这么长远的计划，我一步步地去做，一切渐渐就绪，眼看着就可以实现了。去年十月间我和爸爸都兴奋不已，在信中讨论我

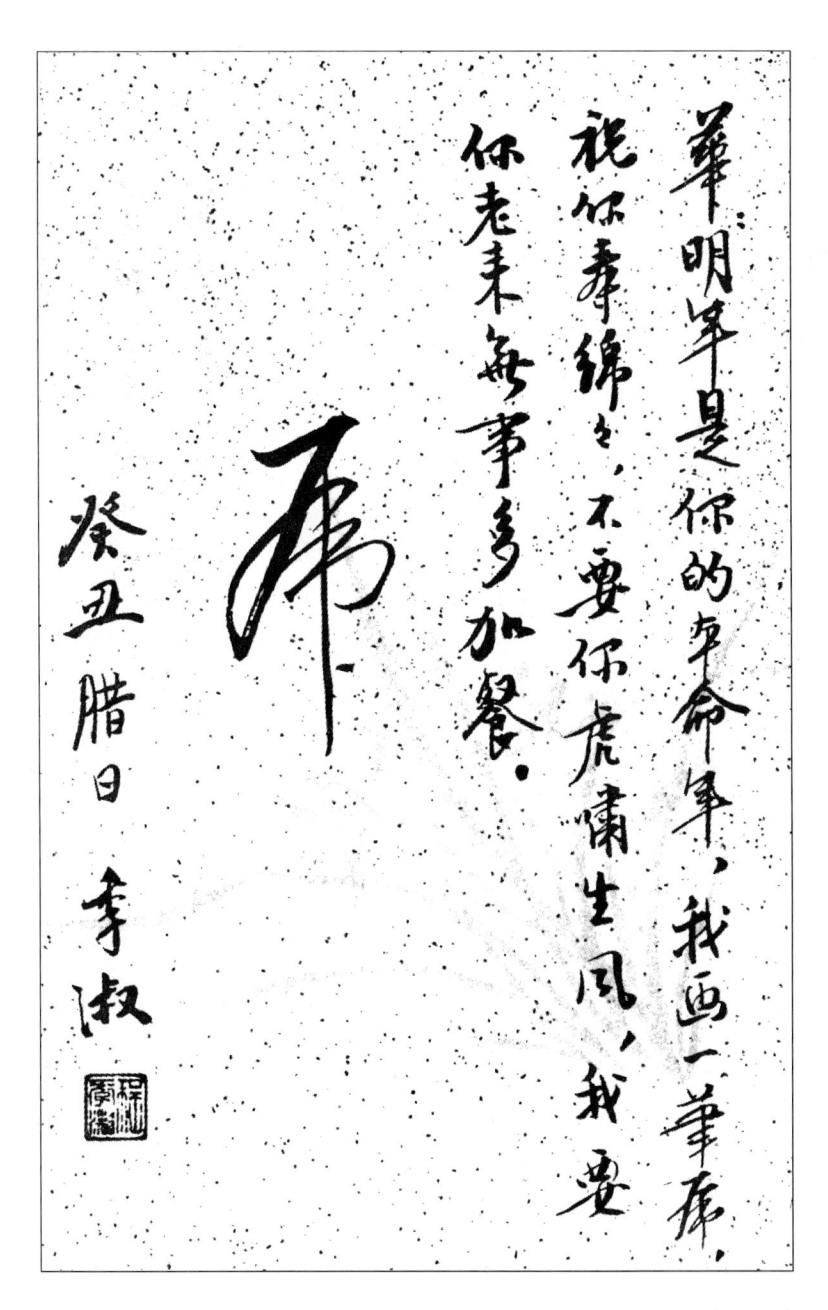

> 华：明年是你的年命年，我画一笔席，祝你寿绵绵，不要你虎啸生风，我要你老来无事多加餐。
>
> 癸丑腊日　季淑

一九七三年程季淑写一笔虎为梁实秋祝寿

的赴台日期。十月三十一日重阳节爸爸给我写的第 41 号信,也是最后一封信。这封信是我在他去世后数日收到的。其中有一段是这样的:

"……我的生日快到了。我们也快见面了,我很高兴。《中华日报》的蔡文甫发起为我印一本书,名《秋之颂》,由余光中主编,集近年来一般人评论我的文字为一卷,约三百页,于腊八日出版。这是别开生面的生日礼,我只好接受。杜诗有句:'千秋万岁名,寂寞身后事',今则在有生之年即大为招摇矣。真是惭愧。……"

没想到竟一语成谶。爸爸没赶上《秋之颂》的出版,先走了一步。但是《秋之颂》在余光中和蔡文甫二位先生推动之下仍按时出版,只是由祝寿专辑变成了纪念文集。余光中先生并拟邀请爸爸生前好友及书中作者集体在腊八送《秋之颂》到北海坟前焚祭。爸爸的身后可算不寂寞了。

爸爸妈妈安息吧！

爸爸不讳言生死，在我们刚迁台定居的那几年中，我们偶尔在茶余饭后讨论些丧葬事宜，当作谈话资料，有时妙趣横生，全家大乐。那时爸妈正当壮年，死亡似乎是别人的事，即使说的是自己，也不是很认真的，只是一种假想而已。以后，我到美国读书定居，与爸妈分别，在书信中就不再提生死事。一九七四年妈妈骤然弃世，丧葬问题突然变成一个立待解决的问题。妈妈没有遗嘱，平时也从未表示希望故后应如何如何，只曾说过不要火葬，太热。所以，仓促间，我们就决定葬妈妈于离我家不远的槐园。同时，买了四块地。在妈妈的右边是爸爸的预留地，妈妈的左边是我和我夫士燿的永息之所。

自妈妈故后，爸爸仍不讳言生死，只是不再感到是别人的事了。他感到死亡渐渐逼近。有一次，我与爸爸同去妈妈坟上探视，随后走入槐园的两栋建筑华丽优雅的陵墓参观。陵墓之特点是棺木都在地面以上，好似大抽屉般层层叠起，列于通道两旁。每个大抽屉（当然是抽不出来的。）前都有光滑的石板一块，上注明姓名及生死年代，并设有精巧的花插。在陵墓的通道中走过像是进入一栋豪华公寓。整个建筑物的设计注重光线及色彩的协调，给予祭吊者一种难言的安详和美之感。槐园的两栋陵墓，一为旧式，整个房顶为拼花玻璃，休息用椅及陈设均采用古典形式。另一栋为新盖建筑。室内布置之重点在于一汩汩不息的小瀑布，和一清澈的池塘。水池旁石头花木的安排已达于完美的极致，使人伫立池旁不想离去。如若有天堂，也不会更美。

参观过后，我曾问爸爸是否喜欢死后住"公寓"房。爸爸说："公寓"比"入土"好，可惜已太晚了。我说还是可以把妈妈请过来，何必一定要把妈妈放在外面风吹雨打。爸说还是不要惊扰她了，于是作罢。可是，我们还有时进入陵墓内徘徊，去享受那片刻肃穆抚慰的气氛。

一九七五年爸爸离西雅图返台后，我们又恢复了每周一信的传统。大约每年在信中要提到死亡一次。爸爸有时还能以接近死亡自嘲，但语句愈来愈伤感，对所余不多之生命愈来愈留恋，对人与人之间的纯情愈来愈珍惜了。

自一九七五年到一九八二年，每年夏季爸爸回西雅图一次，居留约一个月。爸爸到达后的第二日，我们必定去久违的槐园献花。爸爸总是穿着他存在我家的陈旧深色西装，戴着黑领带，披一件陈旧的雨衣。我们站在妈妈坟前默祷，有时哭泣，有时爸爸放声哭诉，喊妈妈的名字，然后我们一同站在坟前，凝视着"程季淑"三个大字，忍耐着那可怕的寂静。然后，我和爸互相扶持着走回汽车。一路开车回家，彼此不交一语，一切语言都属多余。爸爸说去槐园可以略微解除一些内心的痛楚。我则每次去槐园又多增了一层悲戚，好似把刚愈合的伤口又重新撕裂。爸爸坚持每周去一次，多半是周六清晨。我家门口就有公共汽车,爸爸起身早,搭第一班车可以直达槐园墓地外之交叉路口。然后,过街,走入槐园。槐园很大,走到妈妈的墓地也要十几分钟。我非常不放心。但是,每个周六我起床下楼做早点时,爸爸已经回来,坐在厨房看早报了。一九八二年爸爸来西雅图与姐姐会面。不久返台,决定不再来美。临行,我陪同爸爸去槐园做最后一次的探视。现在我想起那时情景:一位日益衰老的长者,对着已弃他而去八年之久的老伴的孤坟,喃喃细语,做最后的道别。然后,他无限留恋地环视四周的花草树木,努力把每一件事物锁记在心底。良久,他说:"走吧!"我们无奈地离开了槐园。从此,槐园就没再有过爸爸的足迹。但是,爸爸的魂魄却常常萦绕槐园不去,他的精神情感永驻槐园。

爸爸对他自己墓地之选择曾几次在给我的《临别留书》中提起。一九七五年的《留书》中说,如完全按他自己的意思是"与汝母合葬,余之愿也。"但是爸爸也不拟坚持己见。一九七七年《留书》中说:"到处青山好埋骨,我没有选择。如果我死在美国,盼葬我于槐园。我不要任何仪式,不要任何浪费铺张。死欲速朽,越快忘掉我越好。勿自苦。我如死在台湾,即葬在台湾,……"一九八一年《留书》中再提坟地之事:"……我死不能与汝母同穴,将是我一大憾事。人生苦短,如石中火,炯然一现,万事皆空,思之亦不必耿耿于怀。……"

一九八七年十一月三日爸爸在台北去世。十八日遗体安葬淡水北新庄的北海公园墓地。在盖棺之前,家人各自备了纪念物品放入棺内陪葬。我从西雅图家中带来爸爸最珍惜的三件纪念性物品。我相信爸爸会高兴我做了这个选择。一件是爸妈合照,第二件是妈妈的一缕花白的头发,第三件是妈妈的一双黑色半高跟鞋。这双鞋爸

梁实秋字条手迹

爸对我有特殊交代，叫我永不可抛弃。我把这双鞋包好，一直存放在妈爸照相簿柜中。以后，一直到爸爸去世，我想把这双鞋陪葬时才去把它取出来。我打开包一看，发现鞋内的一张字条上多了几行字。字条上原写着："妈妈的这双高底鞋，盼永久保存做为纪念。秋、六四、三、廿八日"（见上图）。六四是民国纪元，合公元一九七五年。在年月日旁以不同颜色原子笔写的字是：

"六九、六、九日把玩重记。

七〇、五、十八、再记。

　　六、一、

七一、六、十、

七一、七、一、可能是最后一次。"

我看了这新添的五行小字，不禁痛哭失声。爸爸取鞋把玩，思念妈妈是暗中做的，我不知情。但是，爸爸却又希望我知道，所以才留下痕迹。我揣测爸爸的心意是，他私下怀念妈妈，是内心深处的情感生活，不想有我介入，但是又愿意让我知道。我看了这五行加注，更使我认为以此鞋为陪葬是再恰当不过的。我把相片，发和鞋放在一个纸盒中，以银灰色纸和彩带包装好了，放在爸爸的脚下，伴他去了。

我和爸爸筹划了两年，由我返台休假的欢聚计划，终于在一九八八年三月二日实现了。只是欢聚变成了哀悼。到台多日，还不知如何去爸爸坟上报到。爸爸会原谅我的。三月十一日，幸得我友邱春美及其夫游庆宗先生之助，开车带我去北海公墓，才得有首次哭祭爸爸之机会。春美心细知礼，事前替我备好水果、香火。我却空手而去，根本没想到这些礼数。我看到了爸爸完工的坟地，占地很大，像是一个小院子，坟墓上方是一个很大的大理石砌成的平台，墓前有祭桌，两旁各有一个小小的设施。一个是香炉似的仿石制品，据说是为烧纸的。另一个是二层小平台，上有一牌，金字楷书"后土"二字，据说是为拜土地公用的。墓的后方是石墙，墙上有黑底金字之墓碑，上书"梁实秋教授之墓"，旁边有下葬年月日及家属名字。我环视这一切，心中迫切地想知道爸爸若看到他自己的墓地是这样的，真不知他的反应是什么。遗嘱上说得清清楚楚，墓碑上只要五个大字"梁实秋之墓"。如今，加了个头衔"教授"二字。又加了家属姓名。我的名字，"蔷"字，也刻错了。据我所知，墓碑上的字是由刻制墓碑的厂商，央人书写而成。这位执笔先生很可能并未读过爸爸的遗嘱。这样一想，我心也就坦然了。爸爸不信鬼，但又希望有鬼，他好能继续呵护我。我也希望有鬼，好与爸妈继续沟通。但是，我和爸爸都心里明镜似的，一死万事休。我和春美一家人在墓地盘桓片刻，我心里很坦然地离去了。爸爸在台北的这一章回正式结束。

我于三月三十日离台返美，略事休息，即电告槐园执事先生，准备换墓碑事宜。自爸去世后，我必须面对爸爸在槐园的预留地的处理问题。我心想应用那块地为爸立个碑，算作"衣冠冢"。我与槐园执事先生商议，要买一个新墓碑，碑下埋葬一些纪念品。执事先生到底是生意人，精打细算。他建议我，把妈妈的墓碑换成一个两人合葬的碑，纪念品就放在新碑下面。这样可以省一块地。这办法立刻得到我的赞同，我倒没想省一块地，而是"合葬"二字甚合我意。于是我立刻着手设计碑石字样，与姐姐哥哥商议停当，在我赴台休假之前都准备就绪，决定回美后，立刻办理此事。下面一段日记是我为妈爸立新碑后，当天下午写的。

一九八八年·四月六日·下午一时。

在凄风凄雨里，我独自一人开车赴槐园。墓地执事先生已恭恭敬敬地在等我了。执事先生问我："都准备好了吗？"

"好了。"

"那么，我们就去吧！"

执事先生在前面开车，我的车在后面慢慢地跟着。我们到了妈妈的墓地前停了车，跨过了许多新坟，走到喷泉旁爸爸的预留地和妈妈的墓前。两位穿制服的工人已在等待我们。事前订制好的新墓碑在草地上放着。执事先生问："您看看，刻工和字迹是否满意。"

我又看了一遍，心里一阵酸楚。这是一块新墓碑，正中间有士燿正楷书写的爸妈的名字,爸爸名下有小字"魂魄冢"三字。两旁有英文姓名和生死年代。只有妈妈一人名字的旧墓碑已被取走,旧墓碑上的妈妈中文姓名是"程季淑"三个字,这是由爸爸做的主。爸爸要还妈妈的姓。但是英文名还是带着 LIANG 字的。这次的新碑上妈妈的英文名也是姓程了。这是我做的主。

执事先生问:"只有你一人来吗?"

"是的,只有我一人,开始动工吧!"

两位熟练的工人开始把已挖好的一个方坑又挖深了五英寸。这时,我从纸袋中取出五个月前已备好的一个防水盒子,内盛着爸爸最喜爱穿的一件旧上衣,那是我多年前送他的一件生日礼物。在上衣的怀里,我放了染有妈妈血迹的纸巾,和一缕爸爸留了多年的妈妈的头发。在上衣上面,是爸妈二人的合照。我将盛有这些纪念品的盒子,端端正正的放在挖好的穴中。我对工人说:"好了,请埋葬了吧!"他们迅速地将土倾入坑中,上面加以新墓碑,不到十分钟就完工了。

我自言自语地说:"这是为我自己做的!"我照了相,做了记录,谢了工人们,开车回家。一路想,妈妈爸爸如果在世,或是有灵,该如何想法呢?妈也许会说:"文蔷,不必了,花那么多钱做什么?"爸爸也许会感动地说:"文蔷,你真是我的好女儿。"然后就泣不成声了。至于亲戚朋友们,或日后有思念他们的故人来坟前凭吊他们时,有何感想,我就不可得知了。我如此做只是求得我内心的平安,和烧香、烧纸、献花一样的没有任何意义。但是人到万分痛苦的时候,总喜欢做一些愚蠢的事,似乎对自己是一种安慰。

有人建议我,可以把爸爸的预留地卖了,还可以赚钱呢!我宁可饿死,也不想卖那块地。

又过了些天，院中茶花开得如火如荼。我剪了一大箩筐红茶花，送到妈爸坟前。照了相，寄赠姐姐哥哥。

到此为止，我已筋疲力尽。爸爸魂梦萦怀的槐园生涯也已终结。我对着新碑默祷：

"爸爸，您安息吧，您的名字已与妈妈的名字并列，您的遗体已与妈妈的发丝合葬。妈妈，您安息吧！爸爸已平安地走到山根，爸爸的魂魄将永驻槐园。一切归于宁静。爸，妈，安息吧！"

梁实秋与程季淑在槐园的合葬墓碑

祭双亲

母亲去世三十七年了，父亲去世也有二十三年了。（2001年）失去双亲的剧痛已成深深的追思，想念之情并未因时光的流逝而淡化，他们的音容笑貌常在我心中。他们说过的话，写给我的信，随着我年龄的增长，有了新的启示。到坟地献花焚香祭拜，都无法疏解我对双亲的怀念。

双亲留给我太多宝物，他们的书信、字画、录影、相片和无数的遗物，每日环绕着我，想淡忘也不可能。去年我又重拾画笔，与友人每周作画排遣时日，把三四十年前的旧画取出整理，其中有很多幅画都有父亲的题字，勾起我许多伤感。他永远不会再给我题字了。

在我的画稿中夹有舍不得扔的废纸，因废纸上有父亲的字迹。现在看来觉得非常珍贵，因为这些都是遗墨呀！有一张废纸上面写着"萧然一白屋"五个字。我不记得这是何时写的，为什么写的。抚摸唏嘘一阵之后，只好又收藏起来。

去年秋天，我趁赴京探视家姐之便，到老舍纪念馆探访舒济大姐，承舒大姐款待并领我参观老舍故居，详细解释纪念馆的陈设和字画。舒大姐特别介绍了三幅齐白石的画。她说这是他父亲拿了三首诗句请齐白石配画而成的。其中一首诗句是"蛙声十里出山泉"，使齐白石伤透脑筋，想了许久才构思成功。齐白石画的是一条四尺长的立轴，有山涧泉水，几个蝌蚪顺流而下，给了我们想象空间，可称绝妙。我当时就觉得这个主意很新鲜，因为普通都是先有画后题诗。于是我征求了舒大姐的同意，给这三幅画照相留念。回家后，把相片存了档，也就淡忘了。

日前寻找绘画材料时，又碰到了那张写有"萧然一白屋"的废纸，突发奇想，齐白石可以为老舍补画，我为什么不能为父亲补画？灵感一来，欲罢不能，马上动脑筋，但是连齐白石都要伤脑筋的事，我何德何能，有办法为父亲这五个字补画？

日思夜想，首先揣摩父亲写这五个字的时间和心情。七十年代初双亲与我们同住时，是住在一栋白色的美国初期建筑形式（Colonial architecture）的房子里，前门有四根大柱子，有点像白宫。我们曾戏称为 White House。但是不好意思叫白宫，就叫白屋了。"萧然"是很凄凉的意境，一定是在母亲过世后父亲看到白屋时的感触。时间应该是1974年以后，准确年月是无法考证了。根据这些臆测，我决定凭记忆画我们的白屋，以花草遮掩废纸上涂抹的印泥痕迹，在一抹褐色的茶迹上画了一棵大树。图成后，将画图的经过记于画上，作了交代。然后还想盖个闲章。挑来挑去，决定用"雅舍小品"，但这图章实在太大，无处可放，最后决定把它挂在树上了。不知父亲会作何想。

画好后，站在远处检视构图得失时，我蓦然一惊！我发现我画的树竟有半棵折断，顿时使我想起父亲在"槐园梦忆"中描写母亲

永生难忘的记忆 131

白屋图

去世对他的打击，好似一棵大树被砍掉了一半。我马上翻阅"槐园梦忆"，他是这样写的："……我像一棵树，突然一声霹雳，电火殛毁了半劈的树干，还剩下半株，有枝有叶，还活着，但是生意尽矣。"难道我作画时，父亲的魂魄在指引我，只画半棵树的吗？我为这一念头所震撼，似乎感到冥冥中父亲仍与我同在。

母亲特别爱花，总喜欢种些花草自娱。1972年父母来美与我们同住，我在院中种了各种花草树木，唯一的缺憾是没有牡丹。母亲对牡丹有偏爱，也许是因为在北平老家住的时候，院子里有两大畦芍药，思乡情切吧！牡丹之有别于芍药，在于牡丹是木本，芍药是草本，所以牡丹又称木芍药。其实花和叶都差不多。

友人马逢华、丁健夫妇家有牡丹多棵，盛开时总记得剪几支送给我们，母亲特别珍惜。但再好的花，几天过后也就香消玉殒了，又使母亲惋惜不已。我为了长久保存母亲心爱的那几朵牡丹，曾工笔绘牡丹图，并写笔记画素描，仔细记载牡丹之生态，最后把花瓣和叶子制成标本，长久留念。

不久前重拾画笔，寻得父亲在一褐色硬纸版上写下的一首小诗："牡丹已谢，不需绿叶扶持，犹自纷披掩映，为谁搔首弄姿。六十六年六月十八 秋翁题"。父亲一向以民国纪年，所以应是1977，母亲过世后三年。父亲为何写这首诗在一块硬纸板上，我无从考。但是我推想是思念母亲，以花比人，有感而发。依此臆测，我为这首诗配了一幅牡丹图。粗糙的褐色硬纸板不易绘图，经异想天开，把母亲在世时我留下的花瓣标本找出，制成拼贴图，解读了诗的意境。交待花心时，破费了一些心思，因为不记得牡丹谢后，花心是何形象。我立刻找出当年所记笔记查阅，果然得到解答。我是这样写的："……谢了的牡丹花心有三个种子苞，尖端呈褐色。"正巧，母亲不

文蕾用花瓣与叶子
制作的"牡丹图"

是留下了我们姐兄妹三人吗！一幅有父亲亲笔题字的牡丹拼贴图就这样地完成了。

我已将对双亲的思念之情融会到这两幅画里，这就算是我献给双亲的祭品吧！

记于 2011 年春

台湾之旅

上次回台湾是23年前了，心想今生将不会再踏上这块系我心怀的土地了。但是老天爷说不行，我还得要再回去一次。

今年（2011）10月22~23日台湾师范大学文学院为庆祝"梁实秋纪念馆"落成主办了"纪念梁实秋先生国际学术研讨会"，邀我参加纪念馆的揭牌仪式。纪念馆就设在父亲在师范大学任职时的一栋宿舍，是按照原样重造的一所日式房屋。原住宅因年久失修，无人居住，竟至坍塌荒芜。去年师大开始决定重建，经过许多周折，终于今年秋季完工。

师大文学院陈丽桂院长于 七月七日，这个中国人永不能忘的日子，给我发出了邀请函约我参加揭牌仪式，同时也邀请了我在北京的大姐梁文茜。大姐年事已高，不宜远行。所以，我竟成了唯一可以代表梁家参与仪式的后代。

我此行的目的虽是参与纪念馆揭牌仪式，但更重要的是要到父亲的陵墓前祭奠。我事前与旅居加拿大的陈秀英、陈缵文夫妇联系好，届时一同到淡水公路上的北海墓园祭拜。陈秀英教授是父亲早

梁文蔷与长子君达在梁实秋墓碑前

年的学生,自我赴美后,陈教授夫妇常带他们的女儿到我父母家,过从甚密,情同家人。一同到北海墓园的还有师大英语系主任梁孙傑、助教徐豪谷先生。他们二位礼数周到,不但献上了鲜花,还带了几瓶水和崭新的毛巾。水和毛巾是为扫墓时用的。因现代墓地已无树叶可扫、杂草可除,取而代之的是用水擦洗大理石上的尘埃。陈教授献上了她苦心收集的纪念父亲的相册,以及教授一家三口个别撰写的追悼文等文物。我则献上我的一座"优良健康读物推介奖",表达了我们的心意。墓地和23年前大不一样了,盖了很雄伟豪华的现代佛教楼宇,有24小时的保全警卫,并有斋供诵经等服务。墓地连名字也改了,现在叫"北海福座"。

我抵台当天,徐豪谷先生开车带我同往故居探视。故居坐落在师大附近的云和街,门牌一直没变,仍为11号。但左邻右舍已面目全非,从前是平房住家,现在是高楼公寓,附近街道已是商业区,晚上成了颇具盛名的师大夜市，专卖小吃和时尚服饰，与师大学府极不调谐。纪念馆据说是1933年建造的教授住宅，我们住进时已很破旧，经学校粉刷一新，有深绿色的大门、淡绿色的门窗，一时被师大同仁戏称为"豪宅"。"豪宅"的前院有一株面包树，甚获母亲喜爱。后来迁居安东街时，母亲曾在安东街新居用云和街面包树的种子种了一颗面包树。有关面包树的事，许多报道都说云和街的面包树是父亲手植的，我自己也曾作过类似不实的报道。事实上安东街的住宅已不存在，母亲手植的面包树当然也早已归天了。所以，母亲逝世后唯一仍然存在的，能引发父亲屡屡缅怀的面包树就是云和街的这一棵。我陪父亲每年去探视照相留念的也就是这一棵。父亲把它看作是母亲生命的延续。这棵树曾遭附近邻居的非议，赞成砍除。师大主事者念于父亲对此树的深情，坚持保留，因此未葬身于电锯之下。在纪念馆揭牌前几天，不知是为了避免树叶遮盖屋顶，还是姑息居民的意愿，对原本非常茂盛的枝叶动了外科手术。树是保留下来了，却有些空秃潦倒之态，想三五年后必能更为茂盛。

重建后的纪念馆色彩凝重，配以黑色栏杆围墙，古色古香。如果这栋住宅真是1933年建造的，那正是我出生的一年，它的重建好似我的浴火重生，取个吉利吧！房屋门边上悬挂了一个"雅舍"木牌。我看了不禁莞尔，"雅舍"已成了父亲的商标！因大门紧闭，我只能从围墙外窥视纪念馆的外貌。真正看清纪念馆的全貌是在10月22日晨揭牌仪式开始时。那天纪念馆大门右边的水泥柱上挂了一条金黄色的长巾，长巾的两旁有两条很细的同色长绳。仪式开始时，开始奏乐。左边长绳由师大张国恩校长手执，另一边长绳由我手执，司仪叫一、二、三，我们同时向下拉，丝巾下落，显露出"梁实秋

梁文蔷与老屋的面包树合影　　　梁文蔷在师大图书馆梁实秋特藏室

先生故居"的铜牌。在这一刹那，典礼完成。在优雅的乐声中，我们进入院落。院中已摆好几排椅子，我们依序入座，很多人只能在面包树下站立，甚至在街上观望。接下来是校长致词，我代表家属致词，还有贵宾余光中致词。最后象征性地把我和陈秀英捐赠给纪念馆的一些文物作交接仪式，以师大颁赠给我的一个装有"师大大师"圆盘的镜框作为揭幕式的结束。

　　然后，我们进入故居，探视室内的一切。日式居所在"玄关"处备有拖鞋，入内必须换鞋，我们都依俗照办，这对台湾居民而言习以为常。我进入那故居时的心情是很复杂的，觉得新奇，又有时光倒流之感，眼前的一切将我拉回到我的少女时代。我进入的第一间屋子是我的卧室，虽然屋子空无一物，我的记忆却立刻把它装饰成我的居室。我身后跟了一大群记者，热心地听我述说我半个多世纪前的一切。我说这边墙上挂的是我画的 Charles Dickens 的像，那边挂的是爱因斯坦的相片，这里是我的书桌，窗台是我做 Aquaculture（水产养殖）的实验室……我滔滔不绝地为记者们述说往事，竟不自知地成了一位导游义工。每间屋子都是空的，只有墙上的放大相片引人注目。事实上屋子并不空，而是挤满了人。唯一放在房间中央的"家具"是一个小巧的四方木箱，箱子四面是细致的木栏，仔细看箱子里面，才知道是一具灭火器。我想这一定是木质房屋必备的消防设备。故居原来的厕所和浴室已被现代化了，厨房也改成可以利用的空间了，不过大致都还维持原来的结构。唯独后院的美化远远已超出我的想象。

我们大伙在中午时刻离开故居，随后大门就上了锁。这个纪念馆的用途将不是一个对民众开放的景点，而是为师大师生聚会发展

梁文蔷与长子一家在纪念馆外合影

人文精神的场地。揭牌典礼结束后，紧接着就开始了"国际学术研讨会"，由多位国际学者作学术演说，学者来自我国内地及香港、美国、日本、韩国和新加坡。此外参与盛会的来宾有远道来自美国、加拿大、丹麦等国的旧时学生同事们。他们已不再年轻了，却都冒着长途跋涉的辛劳赶回台湾参与盛典。最使我感动的是一位远道而来的长者，他自称在师大时没有上过父亲的课，但是他的一生都受了父亲的影响，学会应该如何处世做人。所以当他自己成为一位教授时，也知道如何善待学生。研讨会在教育学院大楼内的两个大厅同时进行，三十多篇学术论文在两天内研讨完毕，最后有半小时的闭幕式作为结束。

除了严肃的学术研讨外，也有轻松愉快的餐会。由英语系梁孙傑主任倡议，举办了一个别开生面的晚宴，菜单以"雅舍谈吃"书中的菜肴为主，特约台北各大餐厅名厨分别主厨，依照书中之叙述，如法炮制。"雅舍谈吃"一书并非食谱，这可难倒名厨，后果如何可想。但是都非常可口，达到色、香、味俱全的境界。如果父亲在座，一定大为惊叹。

师大图书馆内多年前就开辟了一个"梁实秋特藏室"。我这次才有机会参观。看到父亲的旧打字机，他的手稿、书信、相片、书法、出版物等陈列在玻璃柜中。有些玻璃柜是不上锁的，可以自由取出翻阅。我注意到一面墙上，有"杰出教授与毕业生"的标题，标题下有许多圆形发亮视窗，每个视窗介绍一位有特殊成就的人物，这些人被尊为"师大大师"。父亲就是其中之一，其他尚有溥心畬、林玉山、马白水、廖继春、黄君璧、郭廷以等诸先生。还有一个空白的亮圈，上面打了一个问号，很幽默地问"下一位是谁？"

梁文蔷与闻一多孙辈合影

研讨会闭幕时,一位高个子的先生自我介绍说是闻一多的孙子,使我大吃一惊。这位闻黎明先生原来是中国社会科学院近代史研究所的教授,正好在台湾作学术访问。当时没有时间多谈,只能拍照留念。回美后,邮件频传,细谈闻、梁两家一百年前的友谊与沧桑,不胜唏嘘。

这次为期一周的台湾之旅很快地结束了。台湾师范大学排除万难重建了父亲的故居,不但维持原貌,还保全了面包树,籍以纪念父亲在师大服务的一段时光,使我非常感动。不知何年何月还会有梁家的后代到"梁实秋纪念馆"缅怀先人。但愿那棵硕大的面包树常青永驻,呵护故居。

生活杂记

打袼褙

　　我童年时正值抗战期间，生活十分清苦。我最喜欢的消闲活动之一是翻看妈妈的大橱柜中的旧物。记得妈妈藏有零碎布片数大包，其中各色布料，大则盈尺，小则数寸，无不搜集收藏。每逢衣袜破旧，需要补缀，则求诸于这些"珍藏"，打开包袱，乱翻一阵，必能寻出适当布头，解决问题。布片过多时则合以破旧衣衫，制成"袼褙"。袼褙的制法是将稀糨糊刷在木板上，然后用旧布裱糊其上，小块亦可拼贴其间，有如美术拼贴（Collage），如此一层布片，一层糨糊，有三四层厚时即可放在院中晾干揭下，成为一张僵挺平滑的"袼褙"，此手续称之为"打袼褙"。"袼褙"是做布鞋千层底的材料。这种废物利用的"家庭工艺"世代相传，由妈妈与外婆传到我，今后恐怕要失传了。我不能想象我的洋媳卡丽坐在电脑前"打袼褙"的景象。

　　"袼褙"是农业社会家庭妇女与贫穷搏斗的产物。我现在已是美国工业社会的职业妇女，可是幼时学会收集布头的习惯并未稍改，我面对着整箱的碎布头发愣，引起我的哀思。想起与妈妈在一起打袼褙的时光，是甜蜜温馨的，是欢乐兴奋的，小孩子哪懂得"愁"字？

抚婴有术

爸爸会哄孩子，懂得儿童心理。再哭再闹的婴儿伏上爸爸的肩头，经他喃喃细语，边哼边唱，在房中有节奏地走来走去，不一刻，婴儿的嚎叫即转而为啜泣、抽噎、甜睡，天下太平。大家都不知爸爸有什么魔术，可与几个月大的婴儿套上交情。据爸爸自称只有一诀，就是要把婴儿当一个"人"看待。

岂止婴儿喜欢被人当"人"看待！如果有权势的"大人"能把老百姓当"人"看待，我们就都可以享受天下太平了。

雅号

我们在云和街师大宿舍住家时，访客甚多，几乎清一色为爸爸的学生或同事，个个温文儒雅、彬彬有礼。偶尔亦有官场中人，莅临寒舍，那种气焰万丈的恶形恶状，实在不易消受，我想这种人见总统时必不是那副嘴脸。

一日，门铃响，我去应门。进来一位"做官的"，对我毫无礼貌。事后，我对爸爸提出严重抗议，爸爸安慰我道：

"这种人是吃屎长大的，不必去计较。"从此，这位媚上傲下、狂妄无礼的大官在我家就有了"吃屎的"雅号。

婚 礼

爸爸一向不喜欢铺张浮华的婚礼。我在一九五九年结婚前曾与爸妈讨论我订婚结婚之仪式。爸爸认为"结婚仪式无关紧要，只要简单隆重就行，简单即是不铺张，隆重即是不开玩笑。教堂里举行最好，因其符合这个理想。"爸爸对新娘数换喜宴礼服的习俗，并不以为然。

婚前赠言

我结婚时二十六岁，离开妈爸尚不满一年，在妈爸心目中还是孩子。在家书中妈妈絮絮叨叨地叮嘱我结婚时应注意的事，又对不能去美帮助我而感到不安。爸爸则写给我两段婚前赠言：

"……共同生活需要双方调剂、容忍、谅解、让步，始克融洽圆满。须知世上无一十全十美之人，包括自己在内，且世上亦无完全如意之环境，'境由心生'（佛家语），能控制住自己的心便是快乐的基础。此数语盼牢牢记住。"

"……结过婚就不算是孩子了，应该知道怎样做人。人是要做的，随时临深履薄、战战兢兢地做人。我嘱咐你这句话，细思之有甚深之意义，终身受用。这是我在你婚前的赠言。"

我的婚姻已迈入第三十年，现在重读爸爸的"赠言"，仍感非常合时宜。

错中错

婚后不久，士燿就向未见过面的岳父大献殷勤，买了一张爸爸欣赏的 Robert Frost 的朗诵诗唱片航寄回台。没想到寄出之后，发现包错了唱片，于是士燿立刻追加一函，说明所寄并非 Robert Frost，而是 Mario Lanza。更没想到的是，一周后爸爸收到的不是 Mario Lanza 而是 Best of Caruso，真是错中出错，士燿大窘。爸爸来信连连称谢，说 Caruso 也很好，已拿到师范大学学生中心去给学生欣赏，大受欢迎，据说挤碎了一块玻璃，这才给士燿打了圆场。

乡 愁

我的新房，家徒四壁。我向爸爸讨了一条幅，悬挂起来。但词意颓唐，毫无喜气。书曰：

溪边雾散灯明灭，斯人憔悴清秋节，携杖任优游，行云眼底收，闲愁都几许，无意再重数，鬓上又添霜，何时归故乡。

戊戌秋日侵晨独步川端桥畔有感
梁实秋时客台北

我每日面对这条字，不免为爸爸的心境担忧。爸爸来信安慰我，说"我近来偶涉内典，心情异常的豁朗，并无苦恼妄念，不必为我忧伤。佛书云：'苦恼即菩提'，我渐能明了其中三昧。这是我这一年来稍有长进处。"

那时爸爸只有五十余，正值壮年，但精神上的长期苦闷，使爸爸渐有"遁入佛门"的倾向。

储蓄与"小资产阶级"

储蓄是美德。在我记忆中，无论生活多艰苦，我家都在储蓄。妈爸的习惯是先储蓄后消费。给我印象最深的是，我们在广州平山堂的六个月，金圆券总崩溃，薪水不定时发，拿到一大包钱，我们就狂奔到银楼，换成港币或金渣子，跑慢了就会吃大亏。在那种疯狂的状态下，我们每月还要节省下来和绿豆差不多大小的金渣子。

及至到了台湾，生活虽清苦，但是很安定。在爸爸一个字一个字地写、妈妈一分钱一分钱地省的充分合作下，在我去美国后，妈爸盖了一栋属于自己的住宅。在那年头，穷教授放弃宿舍，自己盖房的人不多，竟有人戏称爸爸为"副教授"（富教授）！一位老友对爸爸说："在文人里你算是资本家了。"

说起资本家，爸爸曾被指控为"小资产阶级的代表"。爸爸说："我是小资产阶级，没错，但是我不是'代表'！"

服 装

爸爸对自己的服装非常不考究，一切以舒适为原则，旧衣旧鞋子可以穿上二三十年。我和妈妈常批评爸爸太"邋遢"。一次，爸爸到日月潭讲演，报上登了一条小新闻，描写爸爸为"服装整洁，风度翩翩，为一绅士型学者。"爸爸认为很有趣，做了如下的评论："……好家伙！风度无论矣！服装则唯此一套，裤腿成口袋形，灰呢上的白线条半隐半现，还算是整洁，则其他教授作何模样可以想见，岂不惨哉！"

"劳 改"

妈妈自中年以后，体弱多病。在妈妈生病期中，如果佣人告假，家中大小杂务就都落到爸爸头上，爸爸管这种体验叫作"劳动改造"。

一九五九年，在家信中有下面一段叙述："我在'劳改'中惹了不少祸，打破金鱼缸，水流满地（当时想起了司马光幼时的情景！）又打破冰箱里的玻璃板。真所谓'不做不错，多做多错，少做少错'。我这个人没有多大用处，小事都做不好，何况大事！我年纪越大越觉得自己渺小，体力既不强，头脑也很有限，唯一差堪自慰者，是良知未泯，天真犹存，是非善恶尚能分辨得出耳。"

三十八年莎氏缘

爸爸翻译莎士比亚剧本始于抗战前，我那时大约四五岁光景。后因战乱，颠沛流离，只译了十本，即告停顿。迁台后，生活日趋安定，约于一九五九年，继续译事。爸爸给自己规定每日译两千字，两月一本，一年可以译五六本。但事实上是很难办到的，他有太多的杂事缠身，诸如每年大专联考出试题改卷子，出席各种会议。家务事有时也迫使他停笔，如妈妈生病、佣人问题、窃盗问题……经常打扰他。台湾夏季的炎热常是许多人怠工的借口。爸爸很胖，非常怕热，但是从来没有因为热而自行放假。如果因事未能做好预计的工作，则第二日加班，把拖下的工作补做，以达预定日程。这种恒心与毅力是完成任何艰巨工作所必需的。

爸爸每译完一剧，即将手稿交给妈妈装订。妈妈用古老的纳鞋底的锥子在稿纸边上打洞，然后用线订缝成线装书的模样。尽管爸爸不是世界上最整洁的人，他的手稿我却认为是最完美的，极少改错，绝对清洁，稿纸四角绝无卷边。

译莎士比亚需要的参考书，都由我和士燿在美代为购寄。每次寄到一包书都带给爸爸无比的喜悦。来信中说："摩玩久之，真乃一大乐事。"现在，我一闭眼就可以看到爸爸坐在书桌前，捧着一本新书，用手抚摸封面，踌躇满志的神情。爸爸得到一本想要的书好似小孩吃到了糖。

爸爸在努力译莎士比亚的几年中，发现患糖尿病并有胆结石的困扰以至切除胆囊，身体健康急骤恶化，因此常感力不从心，没有把握的样子。一九六二年三月十七日夜，爸爸写道："我自从最近努力继续翻译莎士比亚以来，现已完成了七本稿子……我打算以余年完成此一工作……但是上天是否准许我……我自己也无把握，只有靠你们给我祷告了！（我那时是天主教徒）自从胡适死后，我觉得老一辈的人一个个地倒下去，自己也有点心惊。我想要写的东西太多，而时间太少。……"

除了翻译本身的艰苦，爸爸还要承当与莎氏有关的一切活动所引出的辛劳。一九六四年四月二十四日爸爸说："……我到耕莘文教中心去讲演莎士比亚一次，今天又到干部学校讲演一次，此外还做了两次录音……明天晚上上电视，出几分钟洋相，算是莎士比亚惹来的最后一难。……莎士比亚做冥寿嘛！害死人！"难怪在莎氏全集出版以后，爸爸声言与莎氏"绝交"了。

一九六四年我生育第二胎，爸爸认为女人生孩子是世界上最痛苦可怕之事。那时爸爸正为文星出版二十本莎氏做校对工作，爸爸说："一星期校对十本莎氏稿，可把我整惨了，几乎把我累死！……译书之苦，不下于生孩子。"我没译过莎氏，爸爸也没生过孩子。不过，我敢说译莎氏比生孩子苦，至少生孩子不至于拖上三十八年！

一九六五年二月四日爸爸再和我谈起译事："……全集大概可在我六十六岁那年问世。这恐怕是我所能做的最大的一项贡献。……我心里的满足非言语所能表达。有时我真恨莎士比亚为什么要写这么多！"

爸爸译的莎士比亚，我和妈妈读起来都感非常吃力。有一次，妈妈建议爸爸改成为流畅的中文，弄得通俗些。爸爸说："不成，不要说你们看了吃力，我自己也吃力。……莎士比亚就是这个样子，需要存真。"

一九六六年春，译到最后几本，爸爸感到最苦，因为比较难，而且偏僻，趣味较少。"硬着头皮，非干不可"这是他的话。经过这最后一年的冲刺，终于在预定的年限内大功告成。次年正值士燿受亚洲协会聘，在经合会服务，我与士燿和孩子们返台居住，正赶上参加为爸爸举行的莎士比亚戏剧翻译出版庆祝会。与会致词的人很多，无不赞誉爸爸之成就。但真正使爸爸和我感动的是谢冰莹女士致词时，特别推崇妈妈的内助之贤。她没有忘记支持鼓励爸爸一生的无名英雄程季淑。

草木皆兵

一九四九年以后，台湾有很长的一段时间十分神经质。爸爸译的《沉思录》，作者是玛克斯·奥瑞利阿斯（Marcus Aurelius），译音与犯忌的马克思（Karl Marx）相似，被人误会，惊动了不少人，真是又可气又可笑。

一九六八年，文化学院要上演莎士比亚的《奥赛罗》，被警备司令部批驳，理由是剧中有兵变的描写，上演恐影响军心，几经交涉，修改剧本，把奥赛罗改为文职，不称将军，改称大人，其副官不称副官，改称秘书，才算勉强通过。爸爸说："莎氏有知，怕要气炸了肺！"真是草木皆兵！

岁月无情

妈妈五十八岁那年，已经有些老态了。爸爸把妈妈二十五岁时（婚前）送爸爸的一张半身照片放大、着色，挂在爸爸的书房里。爸爸在信上对我说："……三十多年前的小姑娘现在已成白发老娘，'时间'这东西可太可恶了！我的后脑勺子上那一块白光愈发亮晶晶的引人注意，头发左梳右梳也盖不上，真可谓欲盖弥彰。"

士燿有一天和我谈起初遇我时，我穿着一身纯白的制服，惊为"仙女"。我说："好了，现在'仙女'已成'仙婆'了。"相与大笑。

我想男人看到自己的老妻恐怕都有相似的感慨！

清心寡欲

一九六〇年，爸爸趁赴西雅图开中美学术合作会议之便，到伊利诺伊州来探视我和他尚未谋面的女婿。临行前问妈妈想要什么美国货，可以开单子。妈妈想了数昼夜，只想起一样东西：一把不掉毛的马桶刷子！

一切尽在不言中

我们的家信，经常有外人拆阅，先睹为快，所以有时有必要写得含蓄些，以免被人顺手丢掉。下面是爸爸报告雷震案的简单数语：

"雷震今天覆判确定徒刑十年，胡适的感想是'很失望很失望'六个字，其他的人都没有感想。雷已送监执行。"

爸爸没有写下来的比写下来的多多了。

毛笔字

爸爸喜欢写毛笔字，抗战前的稿子都是用毛笔写的。及至老年，又常喜写些条幅送人，或为我的劣画题字。消息传开，爸爸会动毛笔，识与不识经常"敬求墨宝"，爸爸一概不拒，有求必应，甚至还曾给饭馆写招牌和春联！常写自然有进步，而且胆子愈来愈大，最初只写不及一英寸大小的字，在去世前两年已写四英寸大小的了。爸爸在写字中得到不少乐趣。对别人的好字也由衷地羡慕，有一次送我一本文徵明写的"赤壁赋"，戏言："……我总觉得人家写得这样好是因为笔好。"

祖父生平

爸爸与我祖父关系特别好,而我与祖父母却十分疏远。我长大后还不知祖父之生平,因此写信问爸爸。下面是爸爸对祖父之简述:

"前清秀才。同文馆英文班第一班学生,习英文年余,庚子之乱起,辍学。译学馆继立(即北大之前身),任舍监,后入京师警察厅任科员、区长等职,直至自请退休(时年五十),性褊急而拘谨,廉洁方正,落落寡合。喜涉猎小学、金石文字,训诂方面收藏甚富。可得而言者,如此而已。"

妈妈的心声

妈妈是个寡言的人,一生默守"妇德"。我于一九六一年春怀孕待产,妈妈看我很快就要辞去华盛顿大学医学院的工作,专司母职,写了下面一段话。这是难得一见的心中苦闷的吐露。

"……整天在家蹲着,都蹲驼啦。……人的生活多少有点变化,精神容易兴奋,否则愈老愈萎靡……整天整年生活总是一个调,精神太苦痛了。结果是什么成绩也没有,年月全虚度过去啦。你现在年轻,对于我的感觉,也许不大了解。总之,女人以家事为主,但是不能与社会断了关系……当初我教书,觉得很苦,后来纯粹管家,觉得很轻松,谁知长久了不换样,虽然轻松,反觉郁闷了。再想与社会拉关系，没有一件情节合乎条件。"

我那时的确是年轻，没有对专职主妇的苦闷有充分的了解，为了孩子的教养，和美国六十年代妇女的处境，我重蹈了妈妈的覆辙。但终因对妈妈迟来的了解，和自我的觉悟，我走上了不同的道路。

牙签的闹剧

爸妈都是美食主义者。但是爸爸在牙没坏时却不懂得细嚼慢咽，常做囫囵吞。有一天，出了一点小纰漏。妈妈给爸爸烤面包，有两片太薄，用两根牙签串起放进烤器，爸爸取出就吃，吃完之后才知有牙签，早已吞下肚去。妈妈急得直哭，大骂爸爸颟顸，立刻上菜市买了一把老韭菜，用四根做成一团，要爸爸整个吞。爸爸只得从命，仰着脖子翻白眼一口一口地吞下去了。过了二十四小时，四十八小时，没事。有惊无险，一场闹剧。

可惜我那时不在他们身边，无法告诉他们胃液中之强酸自可软化嚼碎之牙签，未能免去爸爸整吞韭菜团之苦。

夏娃与撒旦

一九六二年八月二日，妈妈在院中水池里捉到一条长约半尺的蛇。爸爸信中说："老太太手起铲落，把它的头砸碎了！夏娃战胜了撒旦。"

佛的启示

一九六二年春我病魔缠身，照顾幼儿，又要搬家，害得妈妈在台为我担忧。爸爸信中说："……妈妈替你们着急。我随时加以劝解，所以我自己就不能着急了。我的办法是捡出几本高僧语录，看看他们的解脱之道。生、老、病、死是为四苦，修行一道由戒开始，戒由不吃肉起。可是肉这一关，我尚未打破，我离得道的距离有多远，可想而知！可是我看佛家学说大部分颇有道理。我心里烦恼时，看看佛书，如服清凉散。"

同年五月二十七日，爸爸胆囊为患，痛得死去活来，满床翻滚，入中心诊所，住院一周，后返家休养，医嘱完全康复后，休息旬日再去开刀。这回轮到我在美心急如焚。爸爸来信说，每当夜间胆肝肾一带胀痛无法入眠，就坐在床上闭目念经。爸爸说他念的是《毗舍浮佛传法偈》，一共四句："假借四大以为身，心本无生因境有，前境若无心即无，罪福如幻起亦灭。"内含至理。爸爸认为佛教是不信奉神的，人人皆可成佛，实际是无神论，而且颇接近西洋 Stoic 派的主张。

理性的消极

爸爸一生做人做事可算积极，但在健康日衰、记忆渐退的老年，也难免有类似消极的人生观。爸爸在一九六二年八月十六日的信中说:"我们两个老人,凑凑合合地过日子,过一天算一天。……我不烦恼,我不灰心,我不懊悔,我在尽可能的范围之内怡然自得。烟早已不抽,酒早已不喝,一卷在手,消此永昼。'人生不满百,常怀千岁忧',何苦!"

爸爸说他不烦恼,不灰心,不懊悔,我就知道他正为这些情绪所苦。爸爸嗜烟酒如命,为了健康全都戒了,这是一个很大的牺牲,为的是晚年的健康。我认为他是明智的,他虽然放弃了感官的享乐,他得到的报偿却是丰硕的。他的健康允许他一直工作不辍到生命的终点。

割胆前后

爸爸自从胆病暴发到入院割胆,足足闹了半年,惊动了所有的朋友同事。爸爸来信报告:"我的开刀问题,已经不是我一个人的事,成了社会问题啦!因为天天有人打听什么时候入院。假如我不开刀,不知有多少人要失望!"这是爸爸惯有的痛苦中的幽默。

这次割胆对爸爸是一大难,他愈说心中平静,我就知道他是十分的不平静。他每次来信说读佛书,我就知道他在被痛苦煎熬。他终于鼓足勇气于一九六二年十月二十二日入中心诊所开刀,手术顺利,取出三四十块不规则形墨绿色的石块。这些石块后来就陈列在爸妈客厅的百宝架上,美其名曰"舍利子"。住院九天后回家休养,如获新生。爸爸在临赴医院前写下了遗书,偷偷地放在抽屉里。妈妈也做了一切的必须的准备,但是他们彼此都没说明。

自胆石除后,爸爸健康增进,颇有助于翻译工作之完成。

补品之患

中国人有以中药送礼的习惯。送礼人当然不说是药,一概称之为"补品"。最普通的昂贵"补品"首推人参。妈妈常收到这类礼物,价格甚高,人情更重。但爸妈都不吃人参,而发生出路问题。下面一段妈妈的来信很生动地描写了她的尴尬:

"……××送给我们一匣人参……我们俩都不吃,无法处理……上次就有人送半斤多参。我找了一位中医介绍,厚着脸皮,拿介绍信去卖给另外一位中医了。这次那个介绍人死啦!所以我们的人参也只好死在冰箱里,没处打发。朋友们,没人吃。好不容易碰着一位他说他虚弱,我赶快说,喝人参最好,忙着送给他两枝,我说你喝喝试试,如果好我这里还有。没想到,下次碰到他,他说:'咳,你送我的参,我喝啦,补得我夜里睡不着觉,嘴里还起了一口的泡。哎呀!我可不能再喝了。'弄得我啼笑皆非,也不敢再送了。直到现在,有的生霉,有的丢掉了。剩下一匣好的,还在冰箱占着一块地方。"送礼不是容易事,收礼也不简单。

"后"患无穷

我的祖母在世时,看爸爸整天坐在书房读写为生,曾说了一句名言,虽语近粗鄙,却甚传神。祖母对爸爸说:"我看你是靠屁股吃饭的!"爸爸并不介意,以后常以此自嘲。

台湾夏季之湿热,十分可怕。二十多年前,一般人家多半没有空调设备,即使有也常为省电而不开。爸爸在华氏九十度以上的气温下,坐译莎士比亚时间过久,臀部坐处竟生了三个疮,奇痒微痛,所以必须站着写字。来客时他站着陪客,吃饭也要站着。因而一个暑期工作量骤减,懊丧之极。爸爸自叹道:"靠屁股吃饭的人,屁股出了毛病,糟糕!"

另一使爸爸很头痛的健康问题是痔疮。有痔的人不宜久坐,而爸爸非坐着写字不可。有一阵他被迫站立写作,自己在家中搭了一个木架,可以不必弯腰。如果情形太严重则只得僵卧,连站立也不行。有一次无法上课,把学生叫到家中床边上课,可见"后"患之严重。

士燿和爸爸有同"痔"之雅,同病相怜,甚为投机,彼此介绍痔疮成药,结果爸爸非用美国的 Preparation H 不可,士燿坚信台湾出售的德制海顿苏效力较佳。我想这都是喜用"舶来品"的心理。士燿后来禁不住折磨,毅然开刀,永除"后"顾之忧。爸爸则怕挨这一刀,决定与"痔"共存亡。爸爸说:"我豁出去了。反正我死了它也活不成。看它闹到哪一天为止!"

既然决心与痔疾奋斗到底,爸爸慢慢地悟出一诀窍,就是感到它蠢蠢欲动时,即立刻放下工作,挺直地往床上一躺,半天一天即愈。自采用这种"姑息"政策后,一直太平无事。

念 旧

爸爸念"旧",认为"凡是旧的东西,如果不碍大事,不必动它。有时候旧的东西蛮可爱,只因其旧。"这个想法问题在谁来决定哪个东西不碍大事。

天伦之乐

我赴美读书定居五年后,于一九六三年十月带着两岁的君达、腹中怀着两个月的君迈返台探望妈爸,先决定两个月后即返美,但觉太短,又延长了两个月。四个月的欢聚,带给妈爸无比之喜悦,从此我才真实地了解我对妈爸的重要。我之不能长期在妈爸膝下承欢更使我汗颜。我回美后,爸爸来信中有这么一段:"我从前想,'人生如梦'只是一句成语。这一回四个月的繁华忽然幻灭,真如做梦一般,大概人生就是一连串这样的梦吧!我好像是要悟道。"

我以前读到"含饴弄孙"也只不过是一句成语。在看到妈爸之宠爱君达,两位老人对一个两岁娃儿的无条件投降之后,这四字成语背后有了一幅极生动、有声有色的活动画面,使我对人生、人性更多了一层认识。

虚惊一场

自从妈爸家在一九六三年有独行大盗光顾后，完全失去安全感，对闲杂人等登门求见者，常疑神疑鬼，草木皆兵，闹出笑话来。

一九六四年五月九日下午爸爸突然收到限时专送一封，内容如下："我们要拜访您，不但要谈谈，而且要一道决定一件有意义的事。明天下午四点我们一定在您家里出现。……台大商三×××"

这样一封没头没脑的信，使妈爸十分惶恐，因为大约一个月前家里发生了一件诈财案，惹得警察上门，惊魂未定。这次不知主何吉凶。于是在一夜未得安眠之后决定到派出所报案。派出所认为不可能是大学生，必是歹徒作业。到时派了三位便衣警察，带着家伙，到梁家保镖。一位在门外把风，两位坐在客厅中吃西瓜。四时整，铃响了，妈妈战战兢兢地去开门，吓出一身冷汗，把两个年轻人迎进客厅，原来是真的台大学生，请爸爸去演讲。警察事后大笑着收兵而去。这场闹剧终以喜剧收场。

疾 世

爸爸常说拥有一个家就是一连串的修缮。修缮就要找工人，应付工人，常常惹出一脑门子的气，还没修好。爸爸总是安慰妈妈：

"这样的社会很好,我们走的时候不会留恋不舍。"每当爸爸对人感到失望时,就会想起英国讽刺作家 Swift 的一句话:"I hate that animal called man."(我恨那叫人的畜生)。我想这就是多读书的好处之一,可与古人神交。

秀才人情

我从小就对绘画有兴趣,但在国、英、算、理、化、史、地挂帅的教育环境里,一直在这方面没有机会加强学习。一直到大学毕业后才能学所欲学,此后一有机会就拜师学国画,学裱画,学刻图章。虽然一样也没学好,但是自得其乐,生活平添了许多情趣。

妈妈在学时本是学艺术的,爸爸也无师自通地画两笔梅,所以对我的绘画兴趣倍加赞许,大量供给我纸笔图书,又不时在家信中给我指点。

爸爸自大陆迁台后,离乡背井,总有做客他乡之感。及至一九七一年国际关系急剧转变,我坚邀妈爸来美与我们合住,我可兼顾妈爸和我自己的家庭。最后妈爸终于应允来美,着手卖房搬家办理去美手续。这时爸爸心情恶劣到极点,我无言以慰,就刻了一方"四海为家"的印章送给爸爸作为生日礼物,希望能为他一解胸中抑郁。下面是爸爸收到印章后的回信:

"'四海为家'的印章,可使我猛省,因为我的民族观念很深,家乡之情亦重,时常想不开,徒然自苦,果能以四海为家,则有何烦恼可言?文蔷送我此印为寿,实在再好没有,我很欣赏。"

妈妈爱吃对虾，我在海外无法请妈妈吃对虾，就想出画梅止渴的办法，画了一幅有一盘红色大虾和酒杯的画寄给妈妈。没想到这秀才人情还颇受欢迎。爸爸来信说："今天收到'白煮大对虾'五只，许是文蔷自创的稿子（至少那五只虾是，图章是），很新鲜的样子……妈出主意，挂在我们客厅壁炉上方……"以前，我曾见过别人家客厅中挂有自己孩子画的劣画，甚不以为然。这时我才明白，挂的不是画，是亲情。

"去荤"莎氏

我偶读莎氏戏剧，感到其中猥亵语甚多，不便朗读，问爸爸在翻译时是否可以去荤。爸爸告我早在一八一八年 Thomas Bowdler 就把莎氏剧本内太荤部分全删了，编印了一部所谓"在家庭里可以朗诵"的全集。从此这种去荤的办法就叫 bowdlerism。我又多认识了一个英文字。

"妇女问题"

七十年代美国妇女运动方兴未艾，正值我做专职母亲困居家中多年，对自己的前途与精神生活感到迷茫之时，常与爸妈在家书中讨论妇女的苦闷。妈妈的态度总括来说是"逆来顺受"。爸爸曾作如下的反应：

"我在六年前写过一篇《到厨房去》刊在妇女周刊上，主旨是说中国妇女大多数都已在厨房里，少数不在里面的是幸运，但亦不妨偶尔进去一下，男人亦不该不进去。我所说虽和美国妇运差得很多，但是已经算是很'前进'了。"

到了八十年代，美国妇运之浪潮才进入台湾，爸爸对此社会问题之看法在理论上也可算是"前进"的。所以我曾请求爸爸对此问题写篇文章。爸爸的读者群很广，应可产生相当的效果。我等了许多年，爸爸一直没写，我想总有难言之隐吧！可是对我写的妇女问题文章爸爸却赞为"理直气壮"，给我拍手叫好。

别字小姐

在六十年代里，我多半的精神时间献给了孩子。这虽是诚心愿意做的事，但仍不免有一种强烈的空虚感。所以，有时趁孩子上幼儿园的短短时间内，写了几篇文章发发牢骚，投在报纸副刊上发表。我在美国住家，听读中国语文的机会很少，稿子中难免有错字别字，多承编辑先生包涵为我改正。我在感激之余，更感羞愧。爸爸对我肯写稿非常高兴，见我有为写别字而气馁之势，大不以为然。曾在来信中鼓励我说："文章里有错字是免不了的。尤其是在海外多年，国文生疏了。台湾×××之类，所做文字常常供给我作'字辞辨正'的资料。给尼克松写演说稿的一位秘书把 Noisome 误作为 Noisy 使用，腾笑一时，可见中外一理。所以要大胆写下去，不可自馁。"

主仆之间

妈爸在台湾居住的二十多年中,一直有女佣人代劳。她们多半来自乡间,若要适应城里人生活起居的规律和我家特有之习俗,总要经过很长一段学习适应期间。妈妈与佣人之间的关系有时也会因不断的摩擦而痛苦不堪,但妈妈"忍"功过人,常能化险为夷。有时也能取长舍短,彼此容忍,而能有为时数年相当成功的主仆关系。

每次有新佣人上任,家书中都有生动的描述。有一次,来了一位K小姐,妈妈请她用温水发泡粉丝。过了半晌,仍未发泡,讯以何故。K小姐说:"厨房里有凉水,有开水,可是没有温水。"妈妈气得说不出话来。一个月后K小姐过生日,妈妈为她订购了一块直径三英寸的蛋糕外加葡萄干一盒、橘子一个、香蕉二只作为礼物。K小姐大乐。后来发现她把葡萄干放在箱子里准备过阴历年时带给她的妈妈开斋。以后,又发现她把给她吃的苹果也里三层外三层地包起来,再用绳子五花大绑,藏在抽屉里,预备一个月后带给她的妈吃。这种亲情的表现深深地打动了妈妈的心。

无门可入

我有一度曾对禅宗发生兴趣,多一半是好奇。我央求爸爸给我寄些书来。爸爸自己苦闷时读佛书,却不鼓励我走上这条路。爸爸说我年轻轻的，看这东西做什么？但是还是给我寄了五六本书来。其中之一是铃木大拙的《禅佛学入门》。我读完了当然还是不得其门而入。但是至少发现了本来没有门，当然无法入。我也就心安了。

磕 头

关于磕头这件事，每个人见仁见智各有看法，大概很少人没意见的。我小时真没少给活人、死人、月亮、佛像、牌位之类的东西磕头。当时在大家庭里，跟着大人和哥姐们乱磕一阵，没有什么选择余地。长大成人之后，自己当家做主，很自然的，这种旧习俗就废除了。但是士燿对磕头仍然非常怀念，他喜欢给他的父母磕头，我认为不可思议，因为我从来没有这种欲望。于是我们把这问题就教于爸爸。爸爸回信中非常巧妙地表示了他的立场："士燿关于磕头的见解，甚是甚是。我不愿别人给我磕头，我也不愿给人磕头（父母不在此列）。我父亲反对磕头，我母亲喜欢别人给她磕，如今，我想给她磕也办不到了，痛哉！"妈妈也非常坦诚地讲了她的见解："……我每次磕头，都是心境不大愉快。磕的过程中我只当做儿戏，我把它当作是我弯腰拾点东西之类的动作，就过去了，否则我便觉太苦。所以我长大了，绝对不愿别人给我磕头，何必作威作福地令他人吃苦呢？即使别人与我见解不同，跪在地下总是不舒服吧。我的母亲也很开通，从没要求过我们子女向她磕头。若表示敬意，用任何其他方式都可，她是很体谅我们的。"妈妈话虽如此说，事实上妈妈在祭祖之类的宗教仪式中仍自动自发地采用磕头的方式表达自己,并非完全摒弃这种行礼方式。所以我的结论是,磕头也好,鞠躬也好,亲吻也好,拥抱也好,如是发自内心表达真实的情感就都是美的。但是最好自己选择自己的方式,同时不要使对方受窘。

养花乐

妈妈爱花成癖,曾有一阵养了十几盆洋兰,成年累月地辛劳,一旦看到含苞待放,其兴奋情形可想。妈妈一天不知要看花多少次,把十几盆搬来搬去,放在屋里怕闷,放在院中怕晒,放在廊上怕烤,放在栏杆上怕猫碰……爸爸笑她最好顶在头上!爸爸也爱花,但是方式与妈妈不同,就如同养孩子一样,妈妈为我们的衣食病痛忙碌,照顾得无微不至。爸爸则不顾细节,只从大处着眼,然后欣赏(或包容)孩子的成长。爸爸面对盛开的洋兰,颇有感触。在家信中说:"杜诗:'不是爱花即欲死,只恐花尽老相催,繁花易谢纷纷落,嫩蕊商量细细开。'我从前不懂,现在懂了。英诗人 Keats 守着花苞开放能伫立几个小时,我也懂了。"

妈妈的晚景

妈妈常年待在家中,唯一的工作是管理家务,没有属于她自己的社交生活。等到我二十六岁离开父母时,妈妈的生活就更单调了。

妈妈在世的最后两年是在美国我家中度过的。这两年从外表上看是享尽清福，饱尝含饴弄孙之乐。事实上，妈妈是比在台湾时更寂寞。妈妈怕美国人，见邻人走近就躲避；独自不敢进店铺；不喜看电视，听不懂；不能看书，头昏；不能主厨，体弱；不能莳花，腰痛：能做之事不多。而我这女儿自从结束十年专任母职主妇生涯以后，每日全天上学授课，回家总管一家祖孙三代六口的衣、食、住、行、育、乐，能找出时间陪妈妈的时候不多。所以，我必须想出办法，使妈妈能够自娱，或与爸爸共同活动。首先，我请妈妈为孙子织毛衣。妈妈手灵，三五天就是一件。我来不及买毛线供应她。后来我出了一个难题，请妈妈为我们的长沙发织一个套子。我想这件繁重的工作可以使妈妈有所事事至少一个月，没想到妈妈一个礼拜就完工了。家里的各式毛衣、背心、椅罩已趋饱和。于是我又想起一记法宝——镂花拼图。早在六十年代，我就曾寄这种成人玩具给妈妈。妈妈在信中说："……拼图用处很大，我们烦闷得头晕脑胀时，拿来摆摆可消除烦恼……好像有点救命的功效。"看来也可救我一命。最初我买五百块的，太容易，一天就拼好了。后来买一千块的，大而难拼的图案，一张图要一个多礼拜才能拼完。然后舍不得拆散，要欣赏几天才拆。爸爸陪妈妈一起玩拼图是他们最快乐的时间。于是家中一盒盒的拼图堆积如山。妈妈突然撒手去了，我不再买拼图了，爸爸也不玩拼图了，看到我地下室中存储的拼图就落泪，再三叮嘱我说："这些拼图不要丢掉，这使我想起和你妈妈在一起度过的最快乐的一段时光，留着作纪念吧！"

"凄凉今日只身归"

一九七四年四月三十日妈妈不幸受伤逝世，爸爸悲伤逾恒，孤寂难忍，急写《槐园梦忆》一书，盼舒哀思，但仍抑郁寡欢，动辄挥泪。我劝爸爸到台湾去散心，可能有机会遇到情投意合的朋友，可以结伴共度晚年。爸爸笑曰："无此念矣！"回台散心本是妈爸二人计划许久的事，没想到成行时只剩了一人。爸爸坐在回台的飞机上，好生感慨，口占一绝："却看前年比翼飞，凄凉今日只身归，漫如孤鬼游云汉，犹忆槐园对翠微！"

台湾之行

描写爸爸在失去妈妈后的一年中的心理，最好的形容是"失去平衡"。爸爸希望能在最短期内找到新的"平衡"，在感情的废墟上重新建立一个避风港。但是在另一方面，爸爸却任丧偶的惨痛将他陷于无底的深渊。在爸爸赴台散心的两个多月中，许多小事上一反常态，使我感到爸爸的心理状态在做大幅度的调整应变。例如：爸爸从来不给我横写家书，而去台湾的第一封信竟是横行的。爸爸信尾署名永远是"爸"或"阿爸"，但突然改署"秋翁"达五信之多，我只能说他方寸乱矣。在台的日子里，他被亲朋故旧所包围，酬酢频繁，常使他体力不支，无法应付。朋友们的体贴照拂使他感动，但无法填补他心底的空虚。他在家信中说："……我心情痛苦，无可告者。""孤独一人，吃也无味，玩也无味。""心里空虚得难忍……平常日子，自己独吃小馆，好凄凉。"凄凉与否，完全是主观的。有人一辈子每天独吃小馆，是享受，一点也不凄凉。对需要伴侣的人，一个人坐在馆子里用餐"简直是一种刑罚！"

爸爸好静，颇不习惯一天赶场三四处的旋风生活。他喜欢的是和亲人默默相对或携手同游。但是这种乐趣，自妈去世后，让他到哪里去找？

爸爸在一九七四年十一月十七日的信中说："……俟我回西雅图我要去详细报告我的台湾之行，妈妈在地下一定喜欢听我的报告也，写至此，我又流下了泪。"我写至此，也无法不掷笔徘徊。

营养餐

爸妈在我家住了两年，被我的"营养餐"整惨了。这种强迫教育在中国传统的"孝"道观点上看是大逆不道的。"孝"与"不孝"，我管不了那么多，我调配饮食的原则是卫生、营养第一，经济、时间、财力、体力第二，口味第三；若是口味第一，整天吃油大，才真是不"孝"呢！天长日久，爸爸对我的烹调术，虽从未"赞不绝口"，至少"认命"了。爸爸在台湾散心时接受无数宴会邀约之后，来信说："台湾的吃当然比美国的可口，可是我也不想开斋了。脏、油腻、不卫生，而且价钱也贵得可以。难道我也美国化了？被文蔷同化了？但求营养，不敢放肆口腹之欲。""我现在很想吃文蔷做的炒青菜。"我的炒青菜不是炒的,因油少、菜多、无味精,是半炒半蒸的大盘纯素青菜,吃下去,清心寡欲,适于参禅。

告 别

爸爸于一九七五年一月十一日自台北飞返西雅图,我去机场接他,见他穿了一套新西装,精神饱满,见了我,非常高兴的样子。我们一到家,爸爸就卸了装,换上家中存的暗色旧西装,打了一条黑领带。爸爸在家中也总是戴领带的。他说西雅图太凉,领带的颜色反映他的心境。

爸爸只身回台散心两个多月,自然有许多话题可谈,我听的时候多,说的时候少。有时不说话比说话还能传达讯息。有一天,我们坐在客厅中,爸爸面色凝重地看着我,问我:"文蔷,你知道我现在心里是怎样的一种感觉吗?"

"我知道。——你就像一个溺水的人,一直往下沉,马上就要淹死了,你在挣扎。你抓住一根水草死也不放手。"我答道。

我击中了爸爸的要害。爸爸说:"对!对!就是这样!就是这样!"他开始哭泣,我陪着他哭。

父母爱子女,关怀子女一生,但不可控制子女一生,子女对父母亦然。在重要问题的讨论上,我使用了我从妈爸处学来的全部做人的道理和智慧,表达了我对爸爸的爱与关怀。

这次与爸爸聚首只有两个月零十九天。一转眼,又到收拾行囊的时候了。这次离美是长期的。所以在衣物的取舍间，煞费心思。在我脑中有难以忘怀的一幕。

爸爸站在他的储衣室里，脚下堆满了纸盒，手中拿着一件妈妈生前为他织的最后一件蓝色毛衣。爸爸问我："文蔷，你说，我要不要带这件毛衣？"他的眼神是那样的复杂，是悲哀，是无奈，是痛心，是祈求谅解。

"不要带，爸爸！一切都存在你心里，就好了。"

爸爸跺着脚哭着说："你真是我的女儿！你真是我的女儿！"

在这种情感沸腾交战的关口，我和爸爸的亲情与友爱接受了一次考验。

一九七五年三月二十九日爸爸飞离西雅图，正式结束了与我们同住的一段悲欢离合的岁月。

孤单，孤单

爸爸于一九七五年返台后，来信中常常毫无保留地，非常坦率地表示他的孤单凄苦的心境，下面是他给我的信中的几段话：

"明天是爸爸节，你们的爸爸孤身在外！有机会时到槐园特别为我献上几朵花。"

一九七五年八月七日

"……我孑然一身，回顾前瞻两茫茫，只好努力把握现在，排去闲愁……人生到此，尚有何说？"

一九七五年八月十九日

"我感觉我是一只孤雁,每天喝水打食,但是我孤单,孤单……内心的孤单,无法可以排遣。"

一九七五年十月七日

"我自从妈妈逝后,精神始终没复元。我恨,恨命运对我们太残酷,恨无处发……说起来我又是伤心!过年应是快乐的日子,可是对一个失侣的孤雁,这是特别难堪的时光!大家都说我较前年轻,较前漂亮,哪里知道莲心苦——苦在心里!……我不能去槐园,我的心在那里。"

一九七六年二月四日夜

对于爸爸的悲苦,我只能静静地听他倾诉(或者应说默默地读他的自白),我无法医治他的心病。我尽量支持他,谅解他,与他合作,消极地不给他增加烦恼。此外,我也无能为力了。

悲 秋

一九七五年中秋节,不知为了什么,爸爸非常不快乐。连来两信,都非常消沉。爸爸写道:"今日中秋,花好月圆人寿,此三者唯人寿最难。……今晨四时起身到阳台上站着看月,月色如水,寂静无声,我不禁悲从中来。月有缺有圆,人能长好么?妈妈哪里去了?我心如刀割。"另一信中说:"中秋节我过得不痛快,填了一首词:《玉笙寒》

如水清光满市廛,罗衫轻拂五更寒,独据高楼无一语,倚阑干。

多少绮思成泡幻,难寻好事梦中残,月若有情应憔悴,少欢颜。

作于清晨四时,你们可以看出我心里有多少酸楚。……人人说我容颜焕发,我自觉内心枯槁。"

心如槁木

爸爸一向喜欢穿宽松舒适的旧衣。但在晚年曾一反常态,改变了他的原则。他寄给我的相片使我惊异。但我从没表示过意见。有一次,爸爸来信提起他的新装:"我的衣服,这一辈子也不要再买了,现有的新衣已经无处放。我一向没有注意衣着,现在在我一辈人中可得最佳服装奖!(不过衣服里面包着的是一块槁木!)"

《英国文学史》的孕育与诞生

爸爸动意写《英国文学史》是在翻译莎士比亚全集之后,那时正巧我与士耀孩子们都在台,难得的欢聚,使爸爸无法着手此一艰巨工作。及至两年后,我们返美,爸爸又恢复"正常"生活。在家信中向我宣布:"我的英国文学史已正式破土开工了!预计五大册,三百万字左右,七十岁生日出版。……"这封信是一九六九年二月七日写的。开工后下久,生活又不得安定,一九七〇年妈爸双双来美游玩四个月,一九七二年又卖房迁美定居,工作真正积极展开还是一九七三年的事了。不幸一九七四年妈妈大去,次年爸爸又迁返台北,记得上飞机时随身携带的行囊中全是手稿。此后的三年中爸爸努力读书撰写,从中得到不少快乐。到一九七八年秋,工作已近大功告成,我建议爸爸应该好好庆祝一下。下面是爸爸的回话："文学史离写完还早,最近又进行缓慢,杂事太多,而且我又不肯敷衍,总想写得好一点,所以如何庆祝一时尚谈不到。你提起,我想庆祝一下也好,大概不外是吃。还有,明年我们在西雅图庆祝不更好么?十几年前我译完莎士比亚,最关心此事的是我的父亲,而他已弃养,来不及看到我的莎氏全集。如今文学史已近完成,最关心我的是你的妈妈,而她亦已去世四年多了。想起来,只有把眼泪咽下去而已。惨,惨。"

到了一九七九年初,爸爸说:"我的文学史已在写最后一章,终点在望,冲刺一番,格外吃力。看看我那一大堆稿子,最早一部分的纸已黄了!拖了七年(事实上是十年:蔷注),自己也心惊。可见凡事都要早设计,早下手,不可拖延。"

是年夏,终于完稿,计《英国文学史》约一百万字,《英国文学选》约一百二十万字,前后根据爸爸计算历时七年。由协志工业丛书出版公司收购。出版却一直拖延到一九八五年夏,时爸爸已八十四岁,在等待出版的六年中,爸爸曾数次对我说,不知是否能等到出版的那一天,唯恐这部《英国文学史》会成"遗著"。我虽当笑话泰然处之,心中也不免焦急,幸好爸爸长寿,在弃世之前亲眼见到了文学史的出版,他七年心血的结晶。

莎氏"误人"

我的次子君迈读书很任性,不喜欢的科目绝不为分数敷衍,喜欢的科目,全力以赴,乐在其中。某年,我向爸爸报告君迈之学期成绩，下面是一位钟爱孙儿的公公的复信：

"小弟的生物及数学拿到 A，可比我强多了。我当年的生物是 C，解剖生物及青蛙不敢下手，都是李先闻替我做的。数学不及格，差一点毕不了业，到了美国还补修两门数学。小弟 Macbeth 得 D，没关系，根本没有用处，曾经误我半生。"

老 境

爸爸喜欢照镜子，尤以晚年为甚。偏偏我家镜子特多。卧室、洗手间、书房、过道到处都是。我经常碰到爸爸独自一人，对镜发愣，或皱着眉头左顾右盼，一手轻抚着日渐稀薄的华发，暗叹韶光已逝。有时，爸爸强打精神，穿戴整齐，揽镜自赏，笑问："文蔷，你看我是不是还有一眼？"

爸爸的心境我明白，只是无言以慰。一九八一年五月三十一日，爸爸顺手在一小纸条上写下一首五言绝句递给我：

好花插瓶供，岁岁妍如新。
可怜镜中我，不似去年人。

多次爸爸在家信中自叹老态毕露，爸爸写道："我两个月理一次发，两鬓飞霜已掩盖不住了，脸上的沟纹密如罗网，揽镜自照，只有摇头。"

谁说只有女人才注意容颜？

一枚青枣无限愁

一九八一年夏我和君迈到大陆探亲，经招待人员好心安排，我得特准进入北平旧居参观，那是我生长的庭院，也是爸爸出生的地方。一九四八年我离平时，那所房屋已年久失修，相当破旧，但仍有其规模在，没想到事过三十三年，那所住宅竟住了二十三家人，院子已经不见了，原来的院子中盖满了"违章建筑"，全是厨房厕所之类的小屋，正中的空地上堆着一堆破砖烂瓦，上面又放着些盆景。我想当年回过大陆的人都有过类似的经历和感触，真是一言难尽。我在这熟悉又陌生的大杂院中漫步，努力寻找我还可以辨认的一砖一瓦，全部照相记录下来。我是有任务的，我必须要向爸爸做一个详尽的报告。临行时，大姐文茜折了一小枝枣树叶，上有小青枣一个，叫我带回台湾，送给爸爸。这棵枣树是我们住在北平时的老枣树的子代，老树早已被砍去。我珍惜地将枣叶包在湿纸中，装入塑胶袋，放在手提包里，顺利地带到台北，立刻交给爸爸。这是我能给爸爸带去的最佳家乡礼物。

与爸爸相聚一周，把中国大陆见闻一五一十向爸爸报告，内容包括我姐文茜、哥哥文骐三十三年的经历，讲得痛哭流涕，喉咙沙哑，两人情绪都过度振荡，渐感不支。我回美后，爸爸来信说：

"你此番远行，带给我的种种消息，有如一场梦魇，使我的心情如沸！那一枝枣树叶子和那一枚青枣，至今已有十日左右了吧，泡在玻璃杯里,依然绿色,谁云草木无情?我放在桌上,我看着一阵心酸,料想它对我亦应如是。我若干年来,感情生活遭受几次打击,多少有些麻木,但是灵台未陨,止水生波,不时的为之神伤。你们为我的老境担忧,骨肉之情理当如是,但实在不必为之烦扰。李商隐有一首《端居》诗——

> 远书归梦两悠悠,只有空床敌素秋。
> 阶下青苔与红树,雨中寥落月中愁。

老来凄凉原是人生中应有之义,嗟叹亦嫌多事也。我大踏步昂然迎接老与死之到来,无忧无惧,心中光明坦荡。你们应该为我高兴。"

数日后,又得来信云:"故居的那一颗枣及树叶都枯萎了,叶子压在一本书里,可以长久保存,枣子则缩皱成为红枣,怕只能留着将来做枣泥了。……寝室墙上挂的故居图,我打算摘下来,因为一看那张图就想起你摄的那些张相片,实在不堪回首。我没想到破烂到那样子。我曾梦想,有朝一日,我要把那房子翻新,现在我灰心了,不愿再去想这一回事。我的梦碎了。杜甫有一句诗:'只要老来饱吃饭',我就是活一天能饱吃饭就算了,此外一无所求。家破人亡四个字,确确实实的落在我的头上,我有什么办法?"约三周后,信尾又提起枣子的事:"你带来的那颗枣,已成为标本了,很好看的一颗小红枣。"

自 嘲

爸爸前半生教书,常自讽为"教书匠"。后半生从事译著,自嘲为"爬方格动物"。既老,又遭降格,见下信:

"××报电话来了,说叶公超死了,限我一小时内写一篇文字,第二天未见刊出,原来是尚未死。今天他死了,可以刊出了。××报不饶我,也要我写一篇,限两小时交卷,也只好写了。像一架制造文章的机器。……

"'教书匠'好歹还是万物之灵,'爬方格动物'虽已非人,无论如何还是生物,若沦为'机器',是乃矿物,岂非文人穷途末路!"

每周一信

爸爸为人在某些方面很开通,但有时又非常保守。例如,他反对父母子女之间为一些琐事谢来谢去,他说那是洋习。如真有深厚感激之情也无需言语表达,他认为亲情是无法用言语表达的。但是,一九八二年夏,他最后一次来美,有一天,大约是他快回台前数日,他忽然自楼上下来,坐在我书桌对面。这是反常之事,爸爸通常不在我书房坐下,他怕打扰我的工作。爸爸说:

"你说像我们这样每周一信,从不间断,达二十多年之久,是不是绝无仅有?""我不知道。人家家里的事咱们怎么知道。不过,我想这种情形,有也不会很多。"我说。

"……"爸爸有些吃力地说:"你能不断地给我写信,我很感激。……你知道吗?你的信是我和这个世界的唯一联系。……"

我无言以对,努力眨回快要流出的眼泪。这次轮到我认为亲情是无法用言语表达的。

Old Bill

爸爸自从上了年纪之后,对旅行一直怀有恐惧的心理。所以一直没去过欧洲,当然没去过莎士比亚故居。他的学生们自英国 Stratford-on-Avon 寄给他的明信片、画片、小纪念品集了一大盒子。我们也常怂恿爸爸同游欧洲,皆不果。一九八二年夏,士燿游欧;爸爸托他路过 Stratford-on-Avon 时,代爸爸问候他的老友 Old Bill,所以士燿专程去莎氏家乡游历,归来后向爸爸报告见闻。下面是爸爸的回信。

"……我有一套莎氏全集中译送到莎氏家乡纪念图书馆,取得收据的信。我这一生有三十年的工夫送给了莎氏,我自得其乐而已。但也有无形的报酬,我从莎氏著作中,培养了一种人生态度,对世间万物抱有浓厚兴趣,对人间万象持理解容忍的心胸。未能亲履莎氏故乡,为一憾事耳。你代我签名报到,也算了一心愿。"

银货两讫

一九八二年某杂志社派人送爸爸一部书,酒一瓶,糖一盒,另外十万元支票一纸,说是聊表敬意,盼以后多赐教。书和糖酒都收下了,独将支票璧还。爸爸不是不需要钱,只不愿无功受禄。但若有人擅自转载他的文章,甚至整本盗印,或拖欠稿费,也为爸爸所不齿。

矛 盾

爸爸到了老年,人生观变了。爸爸说:"我没有家。自从你妈妈逝世我就像漂蓬断梗,随遇而安,活一天就是白赚一天,就享受一天。我没有'未来','未来'就是死。所以我很心安理得。一切的事情我都看淡了。我不为任何事烦心(话虽如此,烦心的事还是烦心!)矛盾!"

幽 默

我自一九八三年起,平均每年返台探父一次。探父期间主要的活动是吃馆子。爸爸喜欢海鲜活鱼,认为"渔家庄"物美价廉,而且店主人招待殷勤。我前后大约一共去过四次。使我难忘的不是活鱼,不是特制的八仙桌,而是渔家庄服务小姐的修养。

有一次,我们与亲朋好友在渔家庄欢宴,酒菜齐全,唯独米饭久等不来。经一催二催之后,仍不见踪影。爸爸不奈,俟服务小姐入室上菜之际,戏问曰:"怎么饭还不来?是不是稻子还没收割?"

服务小姐连眼都没眨一下,答称:"还没插秧呢!"

本是一个不愉快的场面,经服务小姐这一妙答,举座大乐。

兼 职

读书写作最要专心,不宜同时负责炊事。爸爸晚年常需写作煮炊并重,相当狼狈。有信为证:"我的记忆力坏,厨房锅里煮东西,煮焦了锅已不止一次,满屋烟雾我才发觉。现在我做了一块硬纸牌子,上书'火!火!火!'捆在手背上,借以提醒自己勿忘锅里煮东西,此法相当有效。老人昏聩,以至于此。"

勤

爸爸做事勤奋，珍惜光阴，遇事绝不延宕。有一天早晨，醒来误看表三点二十为五点二十，匆匆起床。将错就错，振笔译稿。自晨四时半至下午四时，译成两篇，共五千五百字，立即赴邮局寄出。快速打破纪录，然疲惫甚矣！时年八十一岁。事后，爸爸甚为得意，写信告余，并饮白兰地一杯以自慰！

牢骚

一九八五年，我买了一盒 Trivial Pursuit（比赛常识的游戏）送给爸爸，希望能给他解闷。并且可以仿照做一套以中国文化为主的中文常识游戏。孰知惹出爸爸很多牢骚，我心里好难过。

"你要我找年轻人玩那个 Trivial Pursuit，谈何容易，年轻人谁肯跟我玩这个！……等我做了官（也许下辈子），会门庭若市，年轻的年老的都会来陪我玩。现下陪我玩的是白猫。"

筝声剑影

爸爸闲来无事，喜欢吟诗填词以抒情怀，寄给我的作品泰半忧郁悲伤。难得有欣喜的气韵。一九八五年底爸爸无缘无故地为我拟了一联，词意虽无欣喜，亦无悲切，就事论事，我甚喜之。联曰："世网尘劳，谁能遣此。筝声剑影，我自调心。""我自调心"四字有典故。禅宗五祖与世浮沉，人或嘲之，祖曰："我自调心，非关汝事。"爸爸认为这一联把我形容尽致。可叹的是过去一年来，生活骤变，终日怆怆，"筝声剑影"已不复存矣。

红围巾

爸爸喜欢旧衣服。爸爸喜欢妈妈亲手为他缝织的衣服。我家曾存有一件红毛线衣，已破旧不堪，年龄比我还大，还舍不得扔，因为那是妈为他织的。既不能穿，又不能扔。我突生一计把毛衣拆了，用温水把毛线洗净，晾干，绕成一球球的线团，开始为爸爸织一条长围巾。我想爸爸会认识这毛线，他围在身上时一定会格外的温暖。我织成后，在街上买到专为自制衣服者用的小标条。上有 Specially made for you（特为您制）字样，钉在围巾的角上。我算计着爸爸的生日前一周航寄出，希望在生日当天寄到，可以给他一个意外的惊喜。没想到这次包裹特快，三日就寄到了。而同时寄出之信及贺卡却过了五天才到，下面是爸爸在收到我的贺卡后给我写的加班信：

文蔷：你寄我的"特织围巾"，收到时一看，那纸盒是 Frederick and Nelson（百货公司名）的，包装纸也是，再看围巾上缝有 Specially made for you 小标条，我遂以为是你到北门市场买的，被你唬住了。昨接18号信，附 Confidential Congratulation（机密贺卡）卡片,这才省识是你亲手织的!那褪了色的毛线是汝母于一九三二年冬在青岛时为我织毛衣用的!那时你好像尚未出生。事隔五十年,物在人亡,我抚摸之下,潸然落泪。谢谢你费这番心送我这无价之宝的生日礼物。我第一天穿上那件红毛线衣的时候,上学校去,被校长杨振声从我的袖口中发现,大呼"暗藏春色!"我当时好高兴。岂止是"春色",那乃是我的妻一针一针为我织的贴身的衣服,如今,文蔷,你又为我重织成围巾,乃有了双倍的意义。汝母有灵,当为之莞尔。

织好的围巾,温暖松柔。我儿君迈颇为羡慕。于是我用剩余毛线也织了同样一条给他。现在,爸爸的"无价之宝"已不知去向。我将给君迈的一条讨回,留作一个永久的纪念。

"豫则立"

爸爸不喜对我"训话",但在一九八六年春曾在信中有这么一段,大概是我发了一些牢骚而引起。总之,是很难得一见的。

"你们五十多岁,都已有相当成就,不可自馁,此后至少还有三四十年的时间供你们工作、享受。要定计划,'豫则立',要有恒,充实自己,造福他人,即无负于此生矣!"

国语中心

一九八六年三月爸爸寄来一纸剪报，是《中央月刊》十九卷第三期方鹏程先生写的"外国人学中文"，其中一段爸爸以红笔勾出，写道："文蔷你看：我三十年前创办的国语中心，如今有了这样的规模！总算我没有白费了心。难得的是居然有人还提到了我。"在这样一份月刊中被轻描淡写地提及所带给爸爸的喜悦远胜于在电视摄影机前领什么奖状！

穷

爸爸心疼我的两个孩子，不时提醒我要多给他们一些零钱用，尤其是在交异性朋友的时候，因为爸爸在与妈妈恋爱时，还是学生，手无分文，十分拮据，全靠祖父暗中给他些许零钱，鼓励他与程小姐来往，爸爸身受穷恋之苦，唯恐孙辈受穷。另一屡发之劝告是在孩子结婚时助其成家。莫使婚后一文不名。爸爸说："我当年结婚，开销全由家里负担，但未给我分文。我是赤手空拳和你妈妈建立家庭的，住的是上海最省的'一楼一底'，二十五元租金，穷得我有一次去当铺，在当铺门口逡巡不敢入。那一阵我只有月入一百元！你妈妈和我硬撑过来了。而且是非常快乐地撑过来了。此后，一天天好转，住安东街时，你妈妈表示满意，她对我说：'我们现在花钱可以不必打算盘了'。可怜她先走了一步，无法和我共享比较更宽裕的生活！这是我最大的恨事。"爸爸不太明白在美国长大的孩子和美国社会的习俗，与他在 1927 年在中国时的处境大大不同了。

鹰 派

一九八六年十二月二十六日，大约在爸爸去世前一年，我坐在爸爸身旁。我们半天没说话。突然，没头没脑地，爸爸说了下面一段话：

"人在沙漠中饥渴至死之前，躺在沙中，仰望天空中徘徊翱翔的兀鹰，在等他死之后，来吃他的尸体……"

我感到气压太低，想把话题扯开，因为我知道爸爸的心境。我说"爸爸……"爸爸没理我的打岔，照直说了下去，点了题：

"……我现在就觉得，这些兀鹰已在我的上空愈聚愈多了。"

我凝视爸爸的脸，唇边挂着冷嘲的微笑，眼神中充满了伤感。我想哭。我想我们如果抱头痛哭，心里还会舒服些。可是，我们必须勇敢，勇敢面对人生，也要勇敢面对死亡。

爸爸的这个譬喻是有所指。在他的晚年，常有识与不识者要求他的墨迹，甚至谈话录音，记者和出版界人士日渐对爸爸身后之纪念性文字做积极准备，因而爸爸感到兀鹰盘旋头上。

此后，爸爸一律称此类文化界人士为"鹰派"。

我们的谈话到此无法继续下去。这时，正好有人敲门。爸爸说："文蔷，你去看看，是不是又是'鹰派'？"

四宜轩

　　四宜轩是爸妈定情圣地。《四宜轩杂记》曾陆续在《中华日报副刊》上发表，后以《梁秋实札记》为名编纂成集，即为纪念妈妈而写。一九八七年夏我赴大陆开会，得便去北京中山公园四宜轩照相，前后左右，正照斜照，近照远照，足照一气，为的是带回送给爸爸。爸爸嘱明要一张全景，一张匾额。可惜四宜轩房屋尚在，匾额大概早被红卫兵"除四旧"时除掉了。后大姐文茜又去照了许多，托人带交爸爸。爸爸见照片不禁大恸，赶快收藏起来。盼了好久的相片，一旦到手，又不敢看，看了就堕泪！过两天，又偷偷拿出来看，信手在给我的信纸上写下了下面一首小诗：

　　　　四宜轩犹在，依依柳色新，
　　　　可怜携手处，愁煞断肠人！

投　稿

　　一九八七年三月我又开始向报纸副刊投稿，我用的笔名"归真山人"和文题都没向爸爸透露，只告诉他投的是《中国时报》，请他注意。没想到爸爸立刻就辨认出来了，马上剪下寄我，对我说："梁门作风，没错儿，老夫法眼尚未失灵。不过笔名太怪了一点，一般人会以为你是一个修道的糟老头子。"过了一个月，我又投了一篇，爸爸嫌我太慢，要我"赶快再接再厉，像挤牛奶似的，要按时挤，越挤越旺，否则奶就回去了。"爸爸一口气给我出了十二个题目叫我写，我看了好像是十二道金牌，压力太大。我在全天工作，哪有时间天天写文章。于是还是我行我素，一月一篇。暑期又教书又去中国大陆，索性停写了。自大陆回美后，只写了一篇游记，爸爸就过世了。

我这一生，爸爸对我没有任何要求，对于我投稿事，一向采取鼓励的态度。但是在爸爸最后一年里，爸爸对我学习写作的急迫的期望已不止是鼓励了。他看到我的文章在报刊上发表的喜悦，好似看到自己的婴儿初学步时的欢愉。我总会有一天把爸爸给我的十二个题目，一篇篇写出来，就算是纪念他吧！可是有什么用？他再也看不到了。

惜 才

爸爸爱才，如饥若渴。但更重品。如才子才女恶德昭昭，也只得割爱。

三 怕

爸爸有三怕，一、怕填表，一填表就手发抖。二、怕读英文说明书，一读就出汗。三、怕求人，一求人就失眠。

遗 言

士燿近为脚上鸡眼所苦，买来 Dr. Scholl's 膏药，但说明书用法不详，故拖延未用。我记得多年前曾寄给妈妈同样膏药，妈妈用后，曾详告我们使用经过，并谓效果奇佳。我对士燿说："可惜妈妈不在了，否则可以问问妈妈，是怎么使用的。"

次日，我整理爸妈多年前之录音带，随手试听一卷，忽听到妈妈的清晰声音，正在讲如何使用 Dr. Scholl's 膏药。

这惊人的巧合，使我感激现代科学文明的恩赐。在妈妈去世十四年后的今天，还能听到她的声音，"亲口"解答士燿的疑难！

幌 子

有人说我言谈举止酷似爸爸，我将信将疑。自爸爸大去以后，整理遗物，重听妈妈之录音带，与我自己之录音相比，才发现在语调上，我与爸爸确有相同之处。我们都把每句最后一音加重，而不是说到最后声音渐渐微弱不清。我想这种习惯的养成恐怕都是以教书为业的关系，唯恐后排学生听不清之故。每个行业的从业者都有特殊之谈吐举止，据说外科医生站立时胸凹入，两手在身前相叠交叉，寡言笑。因为经常在手术台前弯腰凹胸工作，不工作时已消毒或血污的手不能碰触什物，而有此奇特之立姿。可见从业一行过久都会带幌子的。

上 税

爸爸对上税有独到的看法。每逢我们抱怨上税太多或税法过繁时,爸爸即在信中安慰我们说,上税愈多愈好,表示我们收入高。后来台湾也有了所得税,爸爸也尝到了报税的味道,大呼吃不消。爸爸不在乎付税,认为是应该的,但对自己要负起报税之责,核算填表,费时多日,反复核对,每次算出之付税额都不一样时,则急得满头大汗,头昏脑涨,要在他的大脑门上涂许多薄荷冰才能结算清楚,舒一口大气。爸爸曾说:"……我想一个人在死的时候,安慰之一当是从此不再上税。"

搬 家

爸爸怕搬家,但格于情势,晚年搬了好几次家,爸爸说:"我住在哪里都一样,'年年难过年年过,到处为家处处家'这一联语是我的写照。"爸爸曾写过一篇小文,名《我没有书房》,我知道那时他是有书房的。由此二事,可知他的心境。

出无车

爸爸的物质欲望不强。以中国的物质水平而言,爸爸一生可算享福了。唯一使爸爸引以为憾的是,他一生从没拥有过一部汽车。

这个意愿大约在爸爸晚年,台湾一般居民渐渐拥有自用汽车时开始。但因自忖已无力自己驾驶、保养或应付雇用司机的种种麻烦而作罢。其实,在台北计程车如过江之鲫,招手即来,价钱并不比拥有私车贵,又可省去驾车养车停车之苦。而爸爸在情感上仍十分想有自己的一辆车。一九七〇年妈爸来美游历,我们为了应付招待妈爸的需要,买了一辆旅游车,可容祖孙三代到处遨游。一九七二到七四年妈爸在西市与我们合住时,我们也一直拥有两辆汽车供上班游乐时使用,但是这都不能满足爸爸的欲望。爸爸要做汽车的所有人,而不仅是使用人。

我的儿子们长大之后,曾有一度全家拥有五辆车,虽都是旧车,以数目算,有些惊人。爸爸来信说:"……你们一家有五辆车子了,我很欣羡。我混了一辈子也没有混上一辆汽车。……"爸爸这般想要一辆属于自己的汽车,我想和他一生受的刺激有关。他对汽车和"汽车阶级"的感受,已赤裸裸地在《雅舍小品》"汽车"一文中表露无遗。

人 伦

爸爸的思想有时很保守，但多半相当进步，所以我与爸爸之间的代沟很浅。我曾和爸爸讨论父母子女之间的关系，下面两段是爸爸的意见：

"……孩子长大了，如果一切事都肯坦白的和父母商谈，实在是最好的事。倒不一定是父母的指导就好，是孩子与父母建立互相信任的关系，这实在是真正的健全的伦理。……"

"……×××哭诉儿子不孝顺，头脑落伍。'孝顺'二字早该弃置不用了。如果孩子态度不好，那是做父母的教养之道有毛病，除了自责，别无话说。周作人说过一句话（不可以人废言）：'五伦其实只有朋友一伦而已。'我深以为然。"

婚姻观

爸爸对婚姻的看法可用"自主"二字以概括之。这包括结婚和离婚。爸妈自己的婚事是在实质上"自主"，名义上"父母之命，媒妁之言"的形式下完成的。对我们子女的婚事爸妈都只采取关心却绝不介入的态度。爸爸曾介入过朋友的离婚事件，得到了很宝贵的教训。所以，爸爸也强调离婚的自主，第三者不可介入。

婚姻问题有时是我们家信中的讨论话题，现摘录三小段于后，可见爸爸对婚姻的看法：

"对别人的婚事……有时不能不进忠告，但亦只可点到为止。说多了也无益也。"

"婚姻是个人私事……虽然关心，却不宜过问，祸福应由自行承当了。"

"年轻人为婚事累及他人，我认为是不对的……然而人在感情支配之下，多么难以控制自己！想想，人是弱者。"

祖孙书信

妈爸一共有七个孙辈，与妈爸见过面又长期同住过的孙辈却只有两个，就是我的两个儿子，君达和君迈。祖孙离多聚少，所以，也是以书信往返，互通款曲。爸爸曾以注音符号，中文和英文依照孙儿的智龄给他们写信。下面是不同时期所写的信。（君达小名叫小乖，君迈英文名是 Mike。）

小乖：（见后图）

生活杂记　195

君达

启迈

你們畫的新房子，很好。大門前掛的像是燈籠，又像是花籃。再等兩個星期，每人可以得到一瓶口味兒。

公公婆婆

梁实秋写给孙辈的中文信

ㄨㄛˇ ㄇㄣ ㄐㄧㄚ ㄌㄞˊ ㄌㄜ˙ ㄒㄧㄠˇ ㄊㄡ，ㄊㄡ ㄑㄩˋ ㄌㄧㄤˇ ㄍㄜ˙ ㄉㄧㄢˋ ㄍㄨㄛ，ㄑㄧˋ ㄙˇ ㄨㄛˇ ㄌㄜ˙，ㄨㄛˇ ㄔㄨㄤˊ ㄊㄡˊ ㄈㄤˋ ㄌㄜ˙ ㄧˋ ㄍㄣ ㄊㄧㄝˇ ㄍㄨㄣˋ，ㄗㄞˋ ㄌㄞˊ ㄨㄛˇ ㄐㄧㄡˋ ㄉㄚˇ ㄊㄚ。

梁实秋以注音字母写给孙辈的信①

---

① 我们家来了小偷，偷去两个电锅，气死我了，我床头放了一根铁棍，再来我就打他。

CENTRAL HOTEL

Sept 6, 1987

Dear Mike,

Aren't you a terrific workaholic? Coming down from the mountains, working briefly on a job in the summer, & then up to the mountains again! I admire your strength & spirits.

You are going to get married soon. I feel very happy, & you'll get all the blessings that a poor old grandpa can bestow. Send me a picture of your wedding, just to compensate for my inability to attend it.

I'm all right, except that I'm getting really old. Besides my total deafness, I have weak legs, unable to walk briskly anymore. My memory is rotten, always forgetting things.

Wishing you happiness,

Grandpa

梁实秋写给孙辈的英文信

梁实秋家书摘录

要真正了解一个人实在不易。最好的方法是住在一起,朝夕相处,一言一语一举一动尽在眼中,对其人之学识思想人品道德自可一览无遗。否则长期共事亦可洞悉一个人的习性格调,或者有同甘共苦的经验亦可在短期内觉察一个人的内涵。读一个人的私信亦不失为一了解人性的良方,因为私信不是为发表的,自然直率,容易窥视作者灵魂。

爸爸自一九五八年三月到一九八七年十月共给我写过家书一千一百三十四封,其中五百一十四封是自一九五八年到一九七二年,由妈爸二人合写的信。另六百二十封是自一九七四年妈故后到爸去世,爸一人给我和士燿写的信。爸爸写信无所不谈,除某些犯禁的言论留待面谈外,其余生活趣事,对事观感,人物描绘,喜怒哀乐,无不尽言。现仅摘录爸爸家书四十余段,虽仅一鳞半爪,却是爸爸思想为人的忠实写照。

"我近做一梦,死神来访,我俟他走近时,憋足了劲狠狠地踢了他一脚,踢得他翻了几个跟头而去,同时我大吼一声,把我自己和妈妈都惊醒,为之大笑。"

"小孩子没有不长大的,除非是潘彼得。长大的没有不衰老的,这都是自然的安排,凡是自然的都是对的,所以不必伤感,工作要紧，享受亦要紧，千万不要让时间溜过去。"

一九六〇年十月二十七日

"今天到校第一天上课，二小时的 Byron，课室人满，临时加椅子，一大部分是新生看热闹，看我这老头什么模样。助教代我领了学生敬师的礼品，计：玻璃杯一，牙刷牙膏各一，毛巾肥皂各一。听说还有自来水笔一枝，因太贵重，须本人亲领并且盖章方能发放。"

一九六一年九月廿九日

"做'家事'，不求有功，但求无过。哪里谈得到什么成绩？所以很多职业妇女看不起家庭妇女，其实把一个家整理就绪，真是伟大，真是苦不可言。这是女性的光荣，也是女性的负担。"

一九六二年八月二十二日

"所谓快乐，据叔本华说，本是 Negative 的名词，凡是没有苦痛，即是快乐。苦痛是 positive 的存在。故吾人不宜追求快乐，宜力求避免苦痛。至于佛说则更进一层，人生之苦——生、老、病、死，一切如泡如幻如露。我这些年来读佛书，稍有领悟，唯修持不够。……万法唯心，一切皆主观决定也。"

一九六二年十月二十一日

"有一天，蒋经国忽然来访，说看看我病后可好，小坐十几分钟而去，怪事怪事。此人精神饱满，颇有作为。"

一九六三年三月四日

"孩子苦，大了更苦——老了最苦。总之人生苦。三个阶段，我都经历了。我同情每一个人。"

一九六四年八月五日

"林语堂说：'纽约生活方便而不舒适，中国生活舒适而不方便。'我看真正的分别在中国还停留在十八世纪，美国已进入二十世纪。时代不同，故生活方式亦异也。台湾在某些方面已逐渐进步，在观念上还是十八世纪的。"

一九六五年三月十八日

"近读杜诗：'日月笼中鸟，乾坤水上萍'，心有所感，不禁潸然。我们困处海隅，也是势逼处此，无可奈何。"

一九六五年十一月六日

"中国人不笨，品德太差了！有时看见各方面颇有进步，欣然而喜，有时候看到腐败堕落，气得我七窍生烟！"

一九六六年二月二日

"昨天心血来潮，我们到阳明山去赏花……看见一个女人带孩子随地抛橘皮，我气得想揍她一顿。"

一九六六年二月十六日

"文蔷说女人是无名英雄，一点也不错，我译成《莎士比亚全集》，一半功劳是妈妈的。没有她的支持，我是无法顺利交卷的。"

一九六六年六月十七日

"佛家说人生八苦，其一是'爱别离苦'，另一是'怨憎会苦'，那即是说，你喜欢见面的人偏要离别，你讨厌的人偏要聚会。这就是人生。"

一九六八年十二月十八日

"父母溺爱孩子，事实上是父母溺爱他们自己。溺爱是放纵，即是放纵自己的情感。其后果不问可知。"

一九六九年四月三十日

"昨日院中发现锦蛇一条，长二尺余，张大嘴吞一只蛤蟆，把头半个咬在嘴里，吞又吞不下，吐又不肯吐，相持不下。老夫急忙唤妈来看这奇景，妈又急忙唤阿娥来看此怪事，随后我用铁铲兜头敲下，砰一声，蛇松了嘴，蛤蟆退了出来，血直流，蛇浑身乱抖，我吓得掉了一只鞋，举起铲子又砰砰两下，蛇头扁了。斩蛇的事，这不是第一遭，但仍心有余悸。"

一九六九年九月七日

"人是没有来生的，一死完事，如有来生，那便是孩子，所以看着孩子长大成人，也就是看着自己的来生在茁发长大，当然觉得快慰了。"

一九六九年六月廿二日

"我在生活上是 epicurean，在内心里是 stoic，矛盾的很。"

一九六九年十一月八日

"我清早散步,街上格外冷清,满街是鞭炮屑。我彳亍而行,叹岁华之易逝,伤乡井之长违,别有一番滋味在心头。"

一九七〇年二月八日(正月初三)

"英国倡导的 open classroom,美国也大量仿行。利弊互见。我们的小学尚泥守成法,一点改进也没有。我在电视上看小学生演说比赛,全是一些八股,像老年人在致训词,好生难过。"

一九七一年四月十八日

"几十年来,实际上我的生活没有独立过,(除了在四川的六年)一切的事情都和妈妈商量办理,今兹我是独立无倚的了!你们关怀我,我知道,你们帮不了我,我只好祈祷妈妈在天之灵随时呵护我,我也应该能够独立了,只是这独立的滋味不好受。"

一九七五年十月十一日凌晨四时半

"我开始练字,日昨临兰亭一过,居然有一两笔略有帖意,为之狂喜,可见 No dog is too old for new tricks. ……你们送一束菊花到槐园,我很感动,一阵心酸泪下,你妈妈活在我心里,永远永远。"

一九七五年十月廿日

"××患癌,恐不久于人世,一生善用心机,到头来又当如何。王阳明将死,人问他心里觉得怎样,他说:'只觉心里亮堂堂的'这就是一生没做亏心事的结果,真是不易。这就是修养,做人好难。"

一九七六年十月十一日

"……我抵抗悲伤（你妈妈去世给我的创伤），抵抗老朽，抵抗不久要来的死亡，唯一有效的方法是工作，拼命的写。"

一九七九年三月五日

"我前几天出去理发，小姐大剪一挥，咔嚓一声，我大叫起来，耳边一块皮剪掉，血涔涔下，赶紧拿棉花，涂面速利达。我本想给她一拳，但是我忍住了。发脾气没有益处，而且可能自己吃亏。她连声道歉。还好，这耳上的小手术，没有另外算钱。我近来视理发为畏途，全是些年轻女子"利巴头"（蔷注：初学生手），穿长礼服，而手艺没有一个好的。像我这样的客人，不剪指甲，不烫发，不马杀鸡①，已成为不受欢迎的顾客，年头儿变了。"

一九七九年三月十四日

"前些天×××请客，在座有×××，此人已有三年多未见，他苍白削（消）瘦，前后判若两人，他告诉我说：'心脏不好……我才七十三，您比我大五岁，红光满面，完全是个好人。'我回答说：'我也不是好人。'相与大笑。……此人三天后病逝！人生之脆弱如此！"

一九七九年四月九日

"我自从你妈妈去世，我的生活也快习惯了，习惯于孤独而自立。现在支持我的一股力量是读书与写作。至于日常生活起居，则不甚重要。"

---

① 马杀鸡即按摩，台湾通用语，来自英语译音 massage。爸爸在这里间接痛斥的是有些理发馆附带按摩，实为色情服务。

"自古以来，就叹才难。现代教育对领导人才的培植太不注意了，科技专家到处是，领导人才何处寻？"

一九八〇年八月廿八日

"××现拥有四千万财产，想想看，是怎样来的？一个人不怕穷，穷要穷得硬；不怕阔，阔要阔得清白。"

一九八〇年九月十五日

"我现在好羡慕没有亲人在大陆的人家，他们无所牵挂，实在太幸福了。怀念故国是一件事，怀念乡土又是一件事，怀念亲人又是一件事。"

一九八〇年十月四日

"我已渐趋衰老，常有人问我养生之道，我私下自忖，我大概是得力于一种惯有的心态：'做事从不后悔，有话明天再说'。至于真正保健之方，我固茫然也。"

一九八一年三月十五日

"传记文学上有李璜一文，提到我，他说：'实秋隐矣！'我颇有所感，我何尝隐？"

一九八一年八月十七日

"我每周写一封信给你，有时且加班，其实也没有什么要紧的事，只作是闲谈，不过自汝母故后，我觉得我和这个世界断了最重要的联系，我觉得孤独，内心凄凉，赖此每周一信保持我和这世界的关系，赖你每次复信，我得到无比的安慰。我的残年大概就是这样的去度了。"

一九八二年八月二十一日

"我是一个 Family man 爱家庭的人，（爱父母妻室儿女的小家庭，不是大家庭），我就怕离家，离家就皇皇然，不过因此就缺乏冒险进取的精神，一辈子庸庸碌碌老死于牖户之间。"

一九八二年九月廿一日

"那张家谱，不完备，且有错字，我看集我们数人之力已不可能写出一份完美的家谱，再过二三十年，我们的子孙恐怕都要数典忘祖了！这也没关系，这时代谁还注意这个？至于××所指陈，梁姓女多男少，下一代可能没有姓梁的了。这尤其不重要，男女一样，过去以男性为中心故重男轻女。在血统的传递上，男女是一样的。我已扬弃了男性中心的观念。"

一九八二年十月廿八日

"我从前不喜欢异族通婚，以为像是鸡兔同笼，现在我也开通了，肤色无关紧要，只要其人清白无疵就行。"

一九八三年十月廿九日

"我的婚姻是我一生中最大的一件事。汝母是我全部生活的主宰，你在我的《槐园梦忆》可以看得出来。……她是所有女性中之最可爱最可敬的一个。"

一九八三年九月五日

"今天我去领奖，照了无数张相，三电台播报，十分热闹，但是我的心里十分冷静。我需要的不是这个。如果这奖早来十年，有人和我分享，我会有相当的快乐。"

一九八四年五月七日

"你刚走，《读者文摘》译稿就来了，立刻动笔……《联合文学》又来人约我写有关晚清小说的文章……文债涌来，为餬口计又不得拒。这是不是文人末路？"

一九八五年一月三日

"我对写字满（蛮）有兴趣，等我将来老了的时候会以此为主要消遣。"

一九八五年一月三十一日

"寄来的营养表，很有用，不过一提起 mg 或 ug，我就昏头了！我是没有理化知识的人，可以说是'科学盲'。糊涂一辈子，此生不想补习了。"

一九八五年十月廿八日

"我现在是苟且偷生，赖有读书写作的能力，勉强活下去而已。你不要惦记我。我们每周通信一次，互报平安，帮助我保留对于人生的一线热情，我于愿足矣。"

一九八五年十二月九日

"美国的社会救济制度是荒谬的，伤残老幼应加救济，一般应知自救,怎可大开方便之门,一律加以救济?台湾有一些老人赴美定居,也领救济费,无耻!"

一九八六年六月七日

"旧年又要到了,不免又是一阵热闹。其实这种俗事,我不喜欢。我所喜欢的是:和我所爱的人深情款款的默对,或是相知的朋友莫逆于心的交谈,然而这岂可常得?"

一九八七年一月十二日

"张心一都九十了!他所说的'厚薄社'是指时昭瀛给我们几个人(包括时自己)起的徽号,所谓'心地欠厚,脸皮欠薄'之谓,是自我嘲弄。其实张心一是最厚道不过的人。"

一九八七年二月廿八日

"我对理财一道,完全放任不管。郑板桥有一横批'吃亏是福',我吃了一辈子亏了。"

一九八七年四月一日

"我曾说,一个人为人工作,如能工作而超过薪给所值一点点,其人必将发迹。"

一九八七年五月廿八日

"四宜轩的照片文茜又托香港去的人转来了几张。房子依旧,外面的栏杆太湖石是新添的。几张照片给我无穷的感触哀伤。我好想念你的妈妈!"

一九八七年十月九日

附录

怀念先父梁实秋〈之一〉

梁文茜

日月如梭，一九八八年十一月三日是先父梁实秋去世一周年了。

生离死别是人生一大痛苦，但又是无法避免的，如何怀念先父寄托哀思，我想回忆往事，恍如爸爸音容宛在，或可得到一些解脱。自言自语向爸爸诉说衷情，虽说冥冥之中没人能听到这一切，但是自我感觉，也有解脱之意。妹妹写了不少回忆先父的文章，但由于妹妹比我小六岁，所以从妹妹记事以前六年的情况，我记忆得就多一些了，写一点补其不足。

爸爸一生俭朴，勤俭持家是中国人的美德，爸爸妈妈很有中国人特色，生活上是不讲排场的。一九二七年我出生在上海，当时我家只住最简单的一楼一底的房子，后来听爸爸说妈妈生我没去医院，是爸爸请了个接生大夫来把我接下来。爸爸抱着我种牛痘，大夫手术不高明，把我小胳臂用刀子连续刮破了一大块，流血不止；后来爸爸说："当时我紧紧抱着你，手直哆嗦，流那么多血我真想说别种牛痘了。"真的，至今我的左胳臂上还留下一寸见方的一块大疤痕。小时爸爸常抚摸我的左胳臂说我有记号丢不了啦！谁能想到长大以

程季淑及长女文茜、幼女文蔷
在青岛鱼山路

后爸爸去台北,我留北京,天各一方,却丢了四十年哪。唉!如果四十年后重逢,爸爸还会认出我的记号。

一九三〇年,我们全家随父去青岛,住了四年。青岛是个清洁美丽的城市,海洋性气候,冬暖夏凉,环境幽美,适合居家小住,也是避暑胜地。当时爸爸在青岛大学教书,天天走小路步行到校,从不坐车,身上一年四季都穿中式裤褂,外加长袍。记得有一次走小路赴校,小路草丛中忽然刷刷地爬出一条大蛇,爸爸见状大惊,急忙躲闪。幸喜没有交锋它便向一侧草深处爬去。从此以后爸爸购了一根竹手杖,每天上班作护身之用,而每和孩子们谈此事,必做一拨草寻蛇的架势,告诉我们遇险之经过,孩子们听得入神,都抢爸爸那根手杖来玩。但后来没想到我会身受其杖。事情是这样,我小时爸爸管教甚严,不许在墙身柱角胡乱涂刻。一天下午爸午睡,我在描红模子,低头看墨极黑,抬头看墙极白,当时幼稚的我就想如在白白的墙上涂一个黑黑的十字,一定很好看。于是端个小凳子,站上去画了个十字，虽不太端正，但黑白分明，十分耀眼。没想到我正在欣赏我的艺术作品，爸爸午睡醒来由楼上下来，一眼看见我的艺术品，不但没有奖励我，反而勃然大怒，令我罚跪不起，责之以杖。我吓哭了，哭了半天没人理我，便跪地沉沉睡去，外婆见状不忍，用小刀把黑十字轻轻刮掉了。我一觉醒来发现我那倒霉的艺术品已不翼而飞，此事才作罢论。自此以后，我至今已六十多岁，始终不敢在墙上题××到此一游的墨迹，看见别人乱涂，我也下意识地联想到严父的竹手杖。此之谓家教。

在青岛住，离不开海，爸爸也喜欢大海，每逢星期日必领孩子们去第一公园，看老虎，看樱花，吃棉花糖，然后到海滨游泳。细软的沙滩，蓝色的大海，看那波涛汹涌的涨潮和落潮。水涨时爸爸领着我们迎浪漂流，水落时爸爸休息躺在沙滩上晒太阳，我们便在石头缝里抓小蟹和捡那五光十色的漂亮贝壳。太阳西下了，孩子们还玩儿不够，爸爸便一个一个追我们，追上领我们去冲淡水澡。我多想还叫爸爸拉着我的手走，背后留下一条长长的人生的脚印。五十多年后，就在前几年我去青岛还独自去过海滩，仿佛还希望能找到那长长的一条脚印。不管怎样，我在海滩上留下一张照片，寄给了爸爸。在那张照片中，海水很平静，有微风，水蓝蓝的，一望无际，那边就是爸爸，生前嘱死后葬在高地能望见海，我们儿时的海，亲爱的大海，希望你能送去女儿无限的怀念。谢谢大海，有机会我还会去看海。

在青岛住了四年以后，爷爷来信说北京家里人少，荒凉得院子里跑黄鼠狼，意思是叫我们回去，爸爸听爷爷的话，真的回北京了。先住大取灯胡同一号，后又因家里人多，迁到内务部街二十号住。爷爷奶奶住里院，我们和爸爸妈妈住外院，西南角的小院里一间南屋是爸爸的书房，对面是卧房。爸爸书房里摆满了书，东边满墙一排大书架子，南边两个玻璃书架子，西边一个黑色玻璃书柜，一个洋榆木的四层书架，室中放一张大书桌子，除文房四宝外左右是巨型的几本大字典，中间放一盆文竹。爸爸就是在这个书房里，翻译了许多本莎士比亚的戏剧，他天明即起，日没而息，笔耕一生，老舍夫人说实秋文章等身，其实我知道，何止等身呢？

"七七"事变，卢沟桥一声炮响抗日战争开始，爸爸认为天下兴亡，匹夫有责，以一介书生意想投笔从戎。深夜和妈妈长谈计议，如何安排好我们三个孩子的生活，爸爸打算到后方去参加抗日工作，我记得那是一个不眠之夜，我缩在被窝里，偷偷听爸爸和妈妈说话，那时我将十岁不太懂事，但看他们俩那副严肃的神情和低声滔滔不绝地商量事情，我心里也预感将要有什么大事发生。是的，果然不久爸爸就一个人毅然决然地走了。妈妈没有哭，但很紧张，我问妈妈："爸爸干吗去？"妈妈小声告诉我说"打日本"。中国的知识分子绝大部分是爱国的，爸爸也不例外。小时候的事情不容易忘，爸爸的举动对我教育深刻，作为父母他爱孩子，作为一个中国人，他更爱自己的国家，对此我深深受益。

一九四八年我二十一岁时，爸爸带小妹弟弟赴上海转广州后去台湾，只留我在北京大学继续攻读。记得十分清楚，我去送爸爸上火车，小妹文蔷哭得抬不起头来，弟弟愣着不言语，只有爸爸含泪隔着火车的窗户对我招手，只说了一句"保重"，隔着眼镜我也看见爸爸眼睛红红的流下泪珠。火车开动了，越走越快，这时我忽然想起还有一句话要说，便拼命地跑啊跑啊追火车，赶上去大声喊："爸爸你胃不好，以后不要多喝酒啊！"爸爸大声回答我说"知道了！"火车越走越远，一缕青烟，冉冉南去，谁能想到这一分手就是四十年。

大概是一九七四年爸爸辗转打听到我的住址，从此转信往来，才知道彼此的消息。爸爸上百封的来信，几乎每封信都嘱我戒烟酒，信中还告诉我说："你在火车站追着嘱咐我不要多喝酒了，我至今没忘，现在真的不喝酒了，你可以放心。"我当时想，爸爸真好记性，四十年前的一句话，记忆犹新。爸爸对女儿的感情是这样珍惜，现在想起来我高兴，但也辛酸。

一九八二年夏天我去美国西雅图小妹文蔷家，爸爸由台湾也乘机去了，在西雅图重逢。四十年的离别之苦，一时就化为流着眼泪的欢乐。在怀念爸爸的日子里，不会忘记在西雅图这两周的相聚，好多话要说，说不完的话，时间不长，要去妈妈墓地献花，要去参观游览市容，还想买点东西，爸爸陪我一天累得要命。他已经是近八十岁的老人，远涉重洋由台北到西雅图，坐十几个小时的飞机，但他精神还那么好，依然是早起遛弯儿看报，晚上九点以前必上床看书就寝，我暗暗祝福老人家的健康长寿。我带给他一幅老舍夫人写的"健康是福"四个大字，他很喜欢，拿回台湾在《联合报》上刊出了。短短两周时间，转眼即逝，这次却是爸爸送我上机场，飞机快起飞了，我们像有许多话咽在喉头说不出来，爸爸一直送我到机舱门口，再不能进去了，他手扶着飞机门框，又沉重地对我说了一句"保重"。这是我最后听见爸爸的声音，充满了感情的声音，我永远不能忘记的声音。

死别之苦有甚于生离，八七年十一月三日，电话铃响，在美国西雅图小妹文蔷打来长途电话。我听见她说是小妹，但又半晌无声，我突然明白了，再问果然小妹呜咽地告诉我爸爸过世的噩耗，我猛地坐下来，觉得昏昏沉沉。我想去看爸爸。但我能做到的只是希望能在爸爸的坟墓上，献上一束鲜花，以尽女儿哀悼之情。

怀念至此，泪下，停笔。

父亲的命案〈之二〉

梁文骐

据父亲告诉我,母亲是由于骨折动手术,麻醉过量,手术后无法苏醒而死。医院却说是心脏病死的。

至于父亲之死,则是我亲眼所见。

父亲终前,原以氧气面罩输氧,但父亲五次要求加强输氧(见96页"老与死"附图),中心诊所却稽迟给予插管输氧,最后父亲拉起氧气面罩大叫:"给我更多的氧!我要死了!"到了这个时候,中心诊所才决定插管输氧。(见右页附图)

但是,除掉氧气面罩之后,插管输氧所使用的人工呼吸机和床头墙上氧源的接口发生故障,无法接通。

于是,医生黄大为仓皇下令,由原来的620A床位迁往620B床位,以利用620B床头墙上氧源。将620B床推出室外,再将620A床以及环床的人工呼吸机、帮浦、心电图机、显示屏幕、三个点滴架等等一大堆设备推往620B床位。由于这一大堆设备均以管线和620A床相联结,移动时各件东西必须同步进行,三四个护士顾此失彼,慌乱成一团。从父亲大叫、决定插管输氧除掉氧气面罩这一刻,

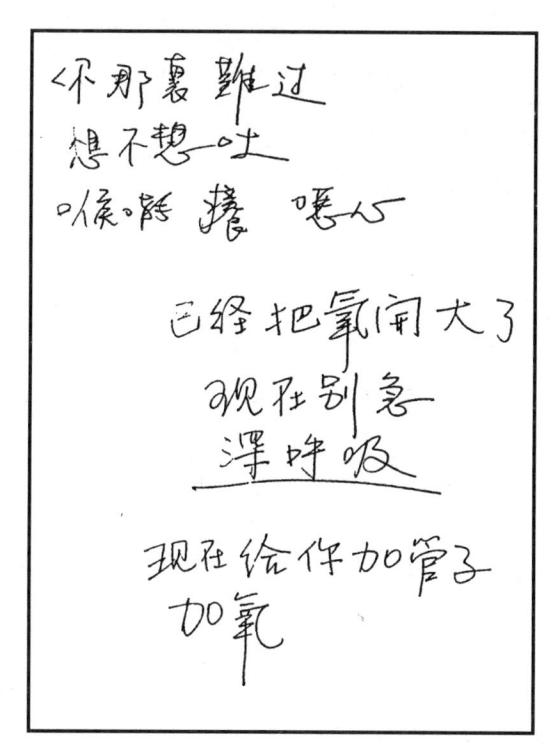

> 你那裏難过
> 想不想吐
> 喉咙 撸 恶心
>
> 已经把氧开大了
> 现在别急
> 深呼吸
>
> 现在给你加管子
> 加氧

中心诊所写给梁实秋的字条原迹

到迁床完成，这一段时间父亲大张着口，中断输氧。

这一段时间有多长？中心诊所对法庭说，是"十到十五分钟"。此有法庭笔录为据。

父亲就是在这一段时间中死去了。迁床完成之后，呼吸心跳俱停，回生无术了。

这显然是医疗事故。我进行了诉讼，结果败诉。

败诉之原因，首先是出在卫生署的鉴定书。

卫生署作鉴定所依据的仅只是中心诊所提出的病历及 X 光片一张。

病历，中心诊所始终不给我们看。我的外甥邱君达，是学医的，到中心诊所要求看病历，医生黄大为答称："病历已被院长赵彬宇取去，锁在他的抽屉里，谁也不能看。"进入诉讼之后，地院第一次开庭即谕令中心诊所交出病历。但中心诊所稽延不交。直至地院到中心诊所现场履勘，法官命令中心诊所立刻交出病历，中心诊所才不得不交出病历。

这份最后交出的病历，其中举凡对中心诊所不利的重要事实，如父亲五次书写要求加强输氧，拉起面罩大叫"给我更多的氧"，氧气接口故障，迁床，中断输氧十到十五分等等，全无只字记载。父亲进入中心诊所直到终前，神智始终清楚，病历上却写着父亲终前已休克昏迷。父亲终前尚能五次书写、大叫、阅读中心诊所写给他的字条，直至决定插管输氧这最后关头，中心诊所尚写字条告诉他决定给他插管，这难道还不说明病历上所说的休克昏迷纯系捏造事实么？

然而卫生署做鉴定，并不兼听两造，而是单凭中心诊所提供的这样一份不实的病历。无怪乎新闻媒介曾经揭露，卫生署的医疗事故鉴定，百分之九十几都是判定医方得胜。所以，这一次卫生署又判定中心诊所"毫无过失可言"，也是常情惯例。

不过，卫生署鉴定的文章实在写得妙。鉴定意见是两点。父亲本以心脏病住院，鉴定的第一点就劈头断言："此病发生于高龄病人，几乎无存活之机会。"既然如此，死掉是当然之理，无论怎样都不可怨天尤人，只好怪自己年纪大，怪自己得了这个病。可是具有讽刺意味的是，父亲在北京大学时的同侪，"中央研究院"院长吴大猷先生，也差不多同时期心脏病住院急救，早占勿药，不但存活而且迄今还在好好地上班工作，很不符合卫生署的意见。卫生署鉴定意见的第二点就更加精彩，断言："病人缺氧、呼吸困难，系由休克及肺水肿所引起,不是给予氧气吸入就可救治,故即使有氧气吸入中断情事,亦非致死原因。"所以,给病人中断输氧是没有关系的,如果死了,那是因为他有病,没病的话就绝死不了。文章之妙,匪夷所思!易经说得好:"涣有丘,匪夷所思。"涣者散也,明明是一盘散沙,却神通广大,翻手成云,覆手成雨,凭空就给捏出一个丘来,怎能不令人叹为"匪夷所思"呢!

败诉之原因固然是在于有了卫生署这张匪夷所思的鉴定,但是决定性的还是在于法院的审判。

关于法院的审判,《出版法》三十三条明文禁止对进行中之案件发表评论。现在则尚在酝酿再增定一条"藐视法庭罪"。

据说,对进行中之案件发表评论有两点祸害,其一是有损"司法尊严",其二是会使审判不公正。

司法人员是国家官吏。国家官吏是民众的公仆。公仆替民众办事,不准许民众评论,若是评论了便是冒犯了公仆的尊严,公正的公仆也就变成了不公正的公仆。这个道理在民主社会里讲不讲得通?我很不明白。台湾是不实行陪审制度的,案件裁判全由法官说了算。法官的权利已经很大,没有什么可以制衡。不准民众评论之不足,再科之以"藐视法庭罪"。如其这样的话,索性就连旁听也不准,秘密审判,是不是就更有"司法尊严",而审判的公正也就更有保证了呢?

其实,凡是办事公正廉明的,就不怕评论,就有尊严。司法尊严是靠司法业绩来树立,不能靠广治言罪以杜悠悠之口来树立。有错而不准人家说,错就会更多更大,有错准人家说,错就会较少较小。难道不是这样?鲧治水的法子是堵,东堵西堵,堵到后来呢?这个结果谁都知道。奈何把鲧治水的法子用之于今日?

假令评论果真妨害尊严、公正，则行政、立法、监察、考试四院，也同理可以禁止评论。这样一来，我们的社会将会变成怎样一个社会？

自然，道理归道理，现实归现实。现实禁止评论，我不敢评论。现在我已败诉，不再上诉了，上诉也还是那样审判，我已厌倦。这是一个已经终结的案件，不是进行中的案件了。不过，我还是不评论，因为言罪的界限总是不大好划得清楚。

我只说说事实，提提问题。

这个案件进行了将近一年，历经地、高两院。一开始，许多有识之士都告诉我："必输无疑。"我把事实、理由、证据讲给他们听，他们仍然是告诉我："必输无疑。"我不大相信。他们就再告诉我："在台湾，医疗官司，病家极难打赢。像新生婴儿被中心诊所喂奶呛死，尸体解剖验明无误，证据确凿，中心诊所仍未负刑责。你就能打赢中心诊所？"我还是不大相信。

现在证明，我确实是没有见识，我确实是打不赢中心诊所。

卫生署固然是百分之九十几裁定医方胜利，法院也是一样。我打输官司是常情惯例。我所可以告诉父亲的是："非战之罪也。"妈妈麻醉过量而死，爸爸不是也无法讨回公道吗？

官司虽是输了，不过总算开了眼界，见所未见，闻所未闻。新闻媒介常说台湾的司法弊端不少，公信力不高。我是不明其所以。打过这次官司，我就对于台湾司法稍有一点点皮毛的了解了。

什么叫"履勘"？以前我就不大知道是怎么一回事。现在就稍微明白一点了。因为我告中心诊所氧气接头故障致人于死，地院决定现场履勘。提前九天，预先通知中心诊所。中心诊所当然就做好了准备，履勘时安排了两位患者睡在父亲住过的620室A、B床，并使用两台崭新的人工呼吸机进行插管输氧，以示设备毫无问题。我一看人工呼吸机和墙上氧源皆已更换，焕然一新，我立即指出此非原设备，强烈抗议。中心诊所默不出声，毫无否认。法官点点头，不说话。随即在中心诊所会议室召开临时庭，院长赵彬宇献上牛奶咖啡招待法官。我再度强烈抗议设备已被更新，中心诊所仍默不出声，毫无否认，法官也仍然点点头，不说话。就这样，将更新了的设备拍照、入卷，在地院判决中引为设备无故障之证据。这就叫"履勘"。

在高院，我再指控设备更新，医生黄大为仍无否认。我追问中心诊所院长赵彬宇："那两台新人工呼吸机是何时买的？"赵答："一年多以前买的。"我再追问："你可否提出购买的厂家、商店的单据以资核查？"赵答："当然可以。"可是，事实上，赵彬宇就一直也提不出这个单据，也说不出是在哪里买的。高院也毫不追究，仍旧以履勘所拍的新设备照片作为判决根据。

假令设备没有问题，那么为什么在除去氧气面罩，决定插管输氧急救这样的紧迫关头，无缘无故搬床搬掉"十到十五分钟"，使患者于其间死去呢？

中心诊所对此问题无法解释。医生黄大为在法庭说："安排患者在620A是因为620A床位宽敞。"其后又在法庭说："因为620A床位狭窄，620B床位宽，所以急救要迁到620B。"此皆有法庭笔录为证。而事实上，620室共有A、B两床，两床位置对称，决无位置宽窄之分。如果真是A床位置不能插管输氧，为什么履勘时A床患者又能插管输氧呢？退一步说，假令迁床是合理的与必需的，那么又为什么安排患者在A床，而B床却从父亲入院从头到尾30个小时都空闲在那里，偏要到了紧迫关头再耗费"十到十五分钟"仓皇迁床呢？黄大为既然屡屡强调患者病情危险，将有急救之需要并非不可预见之事，黄大为岂不正好犯了刑法上所谓"应注意，能注意，而未注意"的条文吗？这些问题，黄大为无法回答，法官也不追究。

在高院判决书中，根本不提黄大为所说"620A床位宽敞"这句话，只引用黄大为所说"620A床位狭窄"这句话作为迁床理由。于是在判决书中，这个令人难堪的矛盾就不见了。

迁床的"十到十五分钟"，是否输氧中断？

在地院打了半年官司，中心诊所院长、医生、到护士，没有一个人说这迁床的"十到十五分钟"仍在输氧。此有法庭笔录及录音可资凭据。医生黄大为只是说迁床过程中使用了"人工苏醒器"，黄并向法官解释说："人工苏醒器的作用就像是口对口人工呼吸，人工苏醒器不是输氧工具。"此有笔录及录音为证。其实迁床的过程中连这个"人工苏醒器"也绝没有用过。不但我亲眼所见，亦有证人证词为据。法官并曾讯问中心诊所："迁床过程中既然无法使用中央系统氧源，为什么不使用手提式小氧器筒？"中心诊所无言以对。

然而半年过后，官司到了高院，中心诊所的说辞就变了，不但说迁床的过程中使用了"人工苏醒器"，更改口说"人工苏醒器"接通着中央系统氧源，迁床的过程中就是用"人工苏醒器"输氧。这么一来，不是输氧工具的"人工苏醒器"摇身一变就变成了输氧工具。

高院判决书根本不提黄大为所说"人工苏醒器不是输氧工具"这句话，采用中心诊所的新说法，从而裁定输氧未曾中断。这样一来，"人工苏醒器"既不是输氧工具，又是输氧工具的令人难堪的矛盾，在高院判决书中不见了。

这样，我就大彻大悟，再向最高法院上诉，我也还是输的。彻底承认失败。

藐视法庭，那是绝对不行的。不过法律面前人人平等，诉讼人不准藐视法庭，司法人员亦不准藐视法庭。在高院庭讯，一直是一位法官审理，最后一庭的辩论庭，突然法官增为三名。原审的法官坐在旁边不出一声，新来的一个坐在中间充任主审法官。我问律师："突然换主审法官，他了解案情吗？"律师道："当然未必了解，你看那一边那个新来的法官不是坐在那里看报纸吗？"我一注意看，可不是！这位新来的法官，从开庭到终结，不闻不问，一直高高地举着报纸在那里看。我不知道法官如此审案算不算藐视法庭？

丘彦明女士，与我父亲交厚，很积极主张进行诉讼，为我父亲讨个公道。替我打电话找律师，答应出庭作证，令我十分感激。不过，进入诉讼之后，丘女士就不大愿意作证了。第一次票传作证，临时缺席，法官说再不到庭作证要拘提。终于丘女士勉强出庭作证一次。法官说："丘的证词和其所写的'今我往矣，雨雪霏霏'一文很不一样。"事实上丘女士的证词令中心诊所十分满意，中心诊所的律师甚至还当庭为丘女士提供资料，协助丘女士作证。作为被告的中心诊所，对于作为原告方面的证人的丘女士，没有一句质询或反驳，完全同意丘女士之证词。这也是没有见识的我始料之所不及。

父亲已死，人一走，茶就凉。《汉书》有云"一死一生，乃知交情。"人情冷暖，总是有其规律的。

有生必有死。为何死，各凭天命。蒋经国先生去世的医疗问题，还不是不了了之？我们又何能厚求于造物？

"时来风送滕王阁，运去雷轰荐福碑。""自古皆有死，莫不饮恨而吞声。"

上坟〈之三〉

梁文蔷

今年五月三十日是美国的国殇日,是大家纪念为国捐躯烈士英魂的日子,也是百姓祭祖的日子,相当于我们的清明。我不喜欢跟大家凑热闹,我多半在正日子过后一两天,才去墓地探视,落个清静,还可以欣赏满地鲜花和国旗的景色。

昨天我去了槐园,看到墓碑上父母亲黑色的名字已被日晒雨打,剥落得模糊不清了。岁月无情,母亲去世已37年了,父亲弃养也有24年了。他们的78岁的小女儿孤独地站立在他们的坟前默祷。其实,这都是多余。我不是天天和他们说话的吗?为什么要到墓地来呢?我也说不清。大概还是想在灵性之外找点物质的东西来安慰自己吧!

美国人上坟都喜欢献花,或者插根国旗,如果逝者是小孩,就放一个玩具。中国人忘不了吃,总是要带食物上供,或者烧香烧纸之类表示追思。我不是土生土长的美国人,又不是纯粹的中国人了。我要用我的方式对我的父母亲有所表示,希望是他们所乐意接受的献礼。于是我带了我在父亲逝世后所写的五本书到坟前"上供"。我

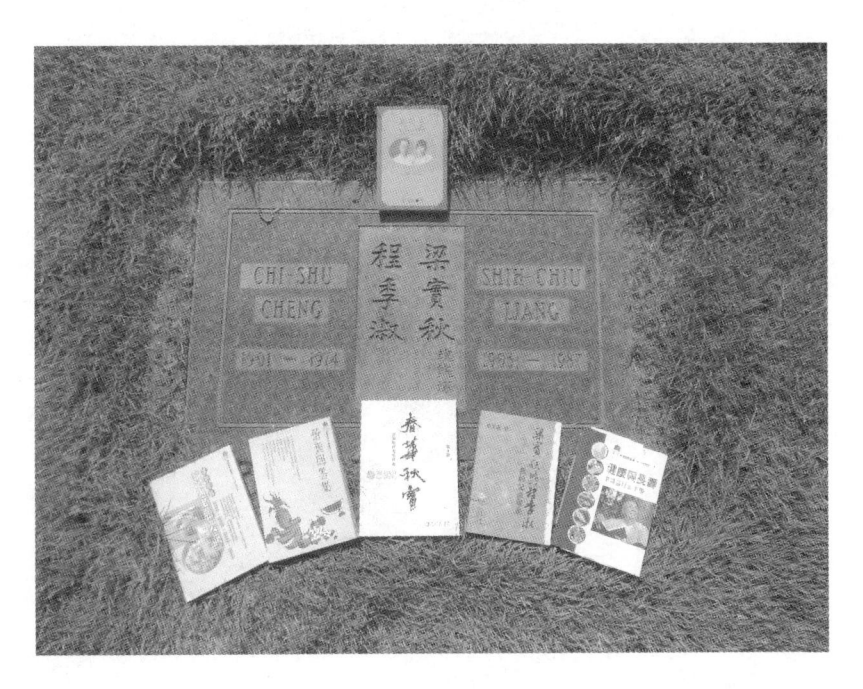

上坟时献上我的著作

想这是父母亲所乐意看到的。

父亲曾屡次对我表示过,他希望我能写作,把我所学所知写出来,回馈社会。我为家室所累,一直都无法做到。我的第一篇有关我本行的文章是在父亲过世后一年多写成的。此后不断耕耘,在过去 22 年中一共出版了三本有关我本行的文集。另一位对我有期待的长辈是孙关汉先生,我也要感激他给我的指引,他对我说的话是鞭策我不断写作的精神支援。可惜他已过世,我只能在电脑上遥祭了。

记于 2011 年六月

梁实秋先生年表

〈之四〉

清光绪

二十七年　阴历十二月初八（一九〇三年一月六日）出生。原籍浙江杭县。原名治华，字实秋，后来专以字行。

一九一五年夏　报考并录取进入清华学校。

一九二一年三月　与同学顾毓琇、张忠绂、翟桓等组织"小说研究社"，开始从事新诗创作。

一九二一年六月　郭沫若、郁达夫、成仿吾等正式成立"创造社"。

一九二二年秋　担任《清华周刊》文艺编辑。

十一月　与闻一多合著的《冬夜草儿评论》出版。

一九二三年春　辞清华周刊文艺编辑，另出版《文艺汇刊》。

八月十七日　由上海赴美。

一九二四年夏　从科罗拉多大学英文系毕业，进入哈佛大学研究所。赴哈佛途中，经芝加哥，与同学罗隆基、何浩若、闻一多等组"大江会"，提倡国家主义，筹办《大江季刊》。

秋	因选修白璧德（Babbitt）文学批评，深受其人文主义影响。
十二月	胡适、徐志摩、陈西滢等创办《现代评论》。
一九二五年秋	转入纽约哥伦比亚大学。
一九二六年夏	返国，任教于南京东南大学。
一九二七年六月	《浪漫的与古典的》在新月书店出版。
十月	鲁迅以"卢梭和胃口"及"文学和出汗"等杂文与先生展开论战。
一九二八年	担任《新月月刊》编辑。
一九二九年	编纂《白璧德与人文主义》。
一九三四年秋	任北京大学外文系研究教授兼外文系主任。
一九三六年	商务印书馆发行先生所译莎士比亚戏剧八种。
一九三八年春	膺选为国民参政会参政员。
九月	任教育部特约编辑兼教科用书编辑委员会常务委员、中小学教科书组主任。
十二月	接编重庆中央日报副刊《平明》。
一九三九年秋	与业雅合资购置平房一栋，名之为"雅舍"。
一九四六年八月	任北京师范大学英语系教授。
一九四九年十一月	《雅舍小品》初版（正中书局）。
一九五〇年夏	应聘为台湾省立师范学院英语系专任教授。
一九五四年	出版中译《莎士比亚的戏剧故事》。
一九五五年	师院改名台湾省立师范大学，任文学院长。
一九六〇年	出版中英文本《雅舍小品》。（远东图书公司）
一九六一年秋	专任师大英语研究所教授。
一九六二年	出版《清华八年》。
一九六五年	出版《浪漫的与古典的》（文星书局）。
一九六六年八月一日	自师大退休。

一九六七年八月	完成莎剧翻译。
一九七四年	出版《槐园梦忆》（远东图书公司）。
一九七九年	写完《英国文学史》，约一百万字；《英国文学选》约一百二十万字。
一九八〇年一月	《白猫王子及其他》出版（九歌出版社）。
一九八三年三月	《雅舍杂文》出版。
八月	《莎士比亚》出版（时报出版公司）。
一九八五年八月	《英国文学史》及《英国文学选》出版。
一九八六年十一月廿九日	得中国时报文学特别贡献奖。
一九八七年十一月三日	因心脏病病逝于台北。

后记

1987年父亲去世后，我写了一系列的纪念双亲的文字，于1988年结集为《长相思——槐园北海忆双亲》在台湾出版。2005年天津百花文艺出版社责编高艳华女士和我取得联系，将《长相思》略加删修，以简体字再版，改书名为《梁实秋与程季淑——我的父亲母亲》。于今已有七年之久了。

今年北京商务印书馆经高女士的推荐，要为我再版此书。我欣然同意了，并委托高女士全权代理所有出版此书的相关事宜。经高女士建议，把近些年来我写的有关纪念双亲的文字一同编入。这就是编印本书的始末。商务印书馆和梁家八十年前就有交往，起自我出生前的1931年，上海商务印书馆为父亲发行西塞罗文录，后又出版《潘彼得》、《文学的纪律》、《威尼斯商人》和《咆哮山庄》等书。今天北京的商务印书馆又能为我出版纪念双亲的文字，可称缘分。

高女士已于去年自百花退休，然退而不休，仍任劳任怨地为编辑工作熬夜奔走，如今使这本被人遗忘的旧书起死回生，以崭新的姿态重新问世。这次又承旅居西雅图的书法家何炳森先生为本书题写书名，使封面更为出色。我在此向高女士与何先生致谢。更感谢商务印书馆刘雁女士和刘嘉程先生的大力支持和为重版所做的一切努力。

梁文蔷

2012 年 2 月 2 日　记于西雅图

图书在版编目（CIP）数据

长相思：梁实秋与程季淑/梁文蔷著. —北京：商务印书馆，2013
ISBN 978-7-100-09426-9

Ⅰ.①长… Ⅱ.①梁… Ⅲ.①散文集—中国—当代 Ⅳ.①I267

中国版本图书馆 CIP 数据核字（2012）第 215190 号

所有权利保留。
未经许可，不得以任何方式使用。

长 相 思
——梁实秋与程季淑

梁文蔷 著

商 务 印 书 馆 出 版
（北京王府井大街36号 邮政编码100710）
商 务 印 书 馆 发 行
北京市艺辉印刷厂印刷
ISBN 978-7-100-09426-9

| 2013年10月第1版 | 开本 787×1092 1/16 |
| 2013年10月北京第1次印刷 | 印张 16 1/2 |

定价：38.00元